OBRAS DA AUTORA

Anjos e demônios, poesia, 1978

Celebrações do outro, poesia, 1983

Boca do Inferno, romance, 1989*

O retrato do rei, romance, 1991*

Sem pecado, romance, 1993*

A última quimera, romance, 1995*

Clarice, novela, 1996*

Desmundo, romance, 1996*

Amrik, romance, 1997*

Que seja em segredo, antologia poética, 1998

Noturnos, contos, 1999*

Caderno de sonhos, diário, 2000

Dias & dias, romance, 2002*

Deus-dará, crônicas, 2003

Prece a uma aldeia perdida, poesia, 2004

Flor do cerrado: Brasília, infantil, 2004*

Lig e o gato de rabo complicado, infantil, 2005*

Tomie: Cerejeiras na noite, infantil, 2006*

Yuxin, romance, 2009*

Lig e a casa que ri, infantil, 2010*

Semíramis, romance, 2014*

* Publicados pela Companhia das Letras.

www.anamirandaliteratura.com.br

Ana Miranda

Dias & Dias

Romance

22ª reimpressão

COMPANHIA DAS LETRAS

Copyright © 2002 by Ana Miranda

*Grafia atualizada segundo o Acordo Ortográfico da Língua Portuguesa de 1990,
que entrou em vigor no Brasil em 2009.*

Ilustração da capa e cartas manuscritas
Ana Miranda

Capa e projeto gráfico
Victor Burton

Preparação
Maria Cecília Caropreso

Revisão
Ana Maria Barbosa
Carmen S. da Costa

Atualização ortográfica
Página Viva

Dados Internacionais de Catalogação na Publicação (CIP)
(Câmara Brasileira do Livro, SP, Brasil)

Miranda, Ana
    Dias e dias : romance / Ana Miranda. — 1ª ed. — São Paulo :
Companhia das Letras, 2010.

    ISBN 978-85-359-0285-3
    1. Romance brasileiro I. Título

02-4733   CDD-869.935

Índices para catálogo sistemático:
1. Romances : Século 20 : Literatura brasileira   869.935
2. Século 20 : Romances : Literatura brasileira   869.935

Todos os direitos desta edição reservados à
EDITORA SCHWARCZ S.A.
Rua Bandeira Paulista, 702, cj. 32
04532-002 — São Paulo — SP
Telefone: (11) 3707-3500
www.companhiadasletras.com.br
www.blogdacompanhia.com.br
facebook.com/companhiadasletras
instagram.com/companhiadasletras
twitter.com/cialetras

Para Renilza e Rodrigo, um grande amor

Este livro é inspirado na poesia
"Dias após dias", de Rubem Fonseca.

Nosso céu tem mais estrelas,
Nossas várzeas têm mais flores,
Nossos bosques têm mais vida,
Nossa vida mais amores.

"Canção do exílio", *Gonçalves Dias*

A volúpia da saudade

13

Um sabiá na gaiola

55

Ficções do ideal

87

A Balaiada

105

A mimosa leviana

123

Camelos no Ceará

157

O irracional sempre vence

181

Anjo de asas cortadas

201

Uma tempestade no horizonte

229

Epílogo

235

Notas

239

A volúpia da saudade

Caxias, 1 de maio de 1858

Minha querida prima e amiga do coração

Tua carta em que me descreves o baile deixou-me o coração palpitante, donde logo a recebi estou a imaginar o salão, os vestidos, o penteado, as bolsas e os sapatos das moças que dançaram, as contradanças, quem tocava ao piano? Tudo o que me contaste veio a alegrar esta minha vida monótona, e a animar a esta vida [...] e tão triste e tranquila, [...], donde caem a voz afogada e velada. A minha imaginação deixou-me — perder. Para onde? Para onde foge a doce brisa da montanha, para onde fogem os melros mais [...] de nossa imaginação. Considera-me a [...], para o baile do pai, [...] deixá-los cá, coisa segura, que eu já [...] de [...] Hoje não. Entretanto as moças [...] até [...] Natal [...] e [...] poderei interrompê-las, [...] O [...] com o irmão, e ele está sempre distante, a pensar em nossa casa, a cuidar de seus rebanhos, das [...], a [...] para a casa aos domingos, a [...] os [...] e nem sei se [...] por onde [...] e espírito de me [...] [...] e nem me [...] E que sou eu? Nem eu mesma sei. [...] em seu recanto, e meu [...] para outros climas, outras paragens. [...]! Que tu venhas! [...] tanto [...]? [...] está [...] fica tão alegre, tão iluminada por tuas [...] amarelas, e [...], Maria Luiza! Ao me ver, perguntarás. Como é esta que [...]? Triste tem sido a minha vida, sem [...], mas compaixão [...] um [...] de [...] incognoscível, incompreensível — nada [...]! [...]! Quem que eu [...] pela vontade de meu coração, tu [...] és a minha única amiga. Sim, a única! Quem poderia me compreender a [...] primeira vida perdida em [...] os [...], estas [...] que escuro e [...] os nossos [...] e nos [...] se pode [...] um [...], que que eu amei, com te em, minha prima, e [...] feliz porque estás ao pé, com [...] [...], Maria Luiza, que tu és a minha luz e perfume de toda a primavera. [...] vou a [...] e [...] minha? Responde-me com [...] esta carta, pois [...]

Logo que soube da chegada de Antonio no dia 3 de novembro, no *Ville de Boulogne*, viajei para São Luís e aqui estou, esperando no embarcadouro a chegada do velho brigue francês que partiu do Le Havre, e há dias e dias sinto o meu coração como um sabiá na gaiola com a porta aberta, tenho vontade de girar, girar até ficar tonta e cair no chão, como eu fazia quando era menina. Trago nas minhas mãos os versos que Antonio escreveu para meus olhos, quantos anos, mesmo, tínhamos? eu doze, e ele treze, pois isso se deu em 1836. A poesia fala em olhos verdes, e naquele momento, quando a li pela primeira vez, acreditei que fossem os meus olhos, mas meus olhos não chegam a ser verdes, têm mais a cor da folha quase seca da palmeira, ou talvez a cor da água da baía de São Marcos, uma água suja de lama e areia dos moventes baixios, revolvida pelas dimensões da lua, pelo percorrer incessante dos saveiros de pesca, esta água que agora vejo ao sol da manhã.

Verdes equívocos

Maria Luíza acha que os versos aos olhos verdes não foram escritos para mim, porque meus olhos não são verdes, e que Antonio jamais se apaixonaria por mim, embora tenha se apaixonado por centenas de moças e mulheres e senhoras e viúvas, nem mesmo me amaria como alguma preciosa recordação de sua infância, Antonio não poderia amar alguém como eu, nem deve lembrar-se de mim, diz Maria Luíza, que o conhece melhor do que eu, ao menos ela acha assim, e quando Maria Luíza diz algo sobre Antonio é preciso se levar em conta porque ela lê as cartas que Antonio escreve para Alexandre Teófilo que é com certeza o melhor amigo de Antonio e seu confidente, Maria Luíza até mesmo mostra-me as cartas de Antonio a Alexandre Teófilo, e essas cartas são verdadeiros relatórios da vida de Antonio, muito sinceros, os homens costumam abrir seu coração aos outros homens de uma forma como nunca o fazem para as mulheres, e Antonio confessa a Alexandre Teófilo coisas que jamais confessaria a outra pessoa, como: *É preciso amar a muitas para não doudejar por nenhuma*, falando das mulheres, ou: *É preciso não o dizer nem a ela nem a ninguém, para não converter a brincadeira em enterramento*, medroso do amor, coisas que me fazem febre. Maria Luíza acha que eu seria para Antonio uma espécie de areia movediça que o poderia condenar a uma obscura vida provinciana, e cortaria suas asas de poeta, Antonio necessitava mesmo era de uma condessa que lhe oferecesse jantares onde pudesse brilhar com suas frases espirituosas diante dos ministros e dos generais, dos embaixadores e das cortesãs, diante do imperador e de outros poetas, pessoas que o pusessem nos cornos da lua, afinal, para que diabos uma pessoa estuda tanto? disse Maria Luíza. Ele era louvado como poeta, apreciava no momento, mas depois lhe vinha uma ideia de o quanto tudo aquilo era vazio e que ele não passava de uma curiosidade, a alma perdida e envolta em neblina, balouçada em castelos de nuvens.

O fluido elétrico

Quando chegava perto de Antonio alguma endiabrada moça requebrando e seduzindo-o com palavras, com os gestos, com os olhos e com os modos, ele confessa numa carta que sentia um fluido elétrico a correr pela medula da sua coluna vertebral, então por que não sentiria isso também por mim? Antonio é fraco para com as mulheres e nunca sincero com elas, nem consigo mesmo, sincero apenas com Alexandre Teófilo e com a Poesia, sua Musa, por isso acredito que o poema tenha sido inspirado nos meus olhos, que ele via verdes mas infelizmente são da cor do mel, um mel turvo, quase verdes quando olho a luz, o mar — quando viajávamos na costa do Ceará, Natalícia admitiu que meus olhos estavam verdes. Desejo acreditar no que diz Maria Luíza, mas acredito apenas em meu coração, sei quanto fel pode haver no coração de uma romântica. Talvez ele tenha confundido meus olhos com as vagens do feijão-verde e com as paisagens que ele tanto ama de palmeiras esbeltas e cajazeiros cobertos de cipós, talvez estivesse apenas ensaiando o grande amor que iria sentir na sua vida adulta, quando escreveria tantos poemas, dos mais dedicados, apaixonados, melancólicos, dos mais saudosos, e ao pensar nisso uma tristeza funda, inexprimível, o coração me anseia.

Meio quilo de feijão-verde

Não vi quando Antonio escreveu os versos, fui à loja de seu João Manuel comprar feijão-verde, e naquele dia seu João Manuel não estava na loja, quem me atendeu foi o Antonio, Antonio estava ao balcão, com um avental, embaraçado ele me viu entrar, eu ainda mais embaraçada pedi meio quilo de feijão-verde, enquanto ele pesava o feijão-verde eu estava tão embaraçada que não pude levantar os olhos, olhava a barra de minha saia de algodão, as minhas chinelas, as tábuas do chão, então eu olhei os pés dele do outro lado do balcão, vi o quanto seus sapatos eram velhos e gastos, embora limpos, isso me cortou o coração porque as outras crianças filhas de comerciantes usavam sapatos bons, pelo menos bem melhores do que aqueles nos pés de Antonio que pareciam apertados, querendo rasgar na beirada, Antonio estava sempre com a mesma roupa, até no domingo, enquanto as outras crianças iam à missa aprontadas e perfumadas ele ficava trabalhando e estudando na casa de comércio, enquanto as outras crianças iam para as festas da igreja, as quermesses, as festas de boi, as festas da colheita do algodão, ele sentava no banco da praça a ler um livro. Antonio demorou a preparar o pacote de feijão-verde e fiquei a estudar sua figura de costas para mim, sua roupa surrada, sua única roupa talvez, até manchas de ferrugem havia em suas calças. Quando percebi que Antonio pusera o pacote em cima do balcão nem perguntei o preço, deixei os tostões em cima do balcão, peguei o pacote e saí correndo, senti que Antonio ficou me seguindo com os olhos e tive vontade de me virar para olhar Antonio, se ele ria, se ele me olhava, mas não me virei, caminhei até minha casa, assustada.

Letra tímida e reclinada

Entrei na cozinha e por sorte fui eu mesma abrir o pacote, e não a Natalícia, talvez não tenha sido sorte mas uma intuição, ou nem mesmo intuição, talvez eu o tenha visto a escrever no papel de embrulho, no canto dos olhos eu talvez o tenha visto meter no tinteiro a pena, escrever no papel de embrulho os versos, Maria Luíza acha que ele escreveu os versos no papel de embrulho num momento de inspiração e embrulhou por engano o meu feijão-verde no papel com os versos escritos para outra, quem tinha olhos verdes em Caxias? a escrava Maricota! talvez Antonio tenha escrito os versos com antecedência, guardado o papel para o momento de o mandar para mim, talvez isso, talvez aquilo, nada disso importa, o que importa é que quando abri o pacote de feijão-verde vi entre os grãos, entre os pequeninos galhos e as vagens verdes e as folhas secas, no papel de embrulho uma poesia escrita a tinta azul, um pouco embaçada com a terra do feijão, a demorada leitura apertou o meu coração com um sentimento que ainda hoje recordo, enlaçando-o com aquelas palavras preciosas, flores azuis vicejantes, traços leves e continuados, e quando terminei de ler os versos de Antonio no papel de embrulho eu estava apaixonada por ele, irremediavelmente apaixonada por um menininho gasto pela dor antes do tempo, que bebia a água dos meus olhos em longos

DIAS & DIAS

tragos, ele ateou um incêndio em minha alma com o brilho de sua letra e seus olhos tisnados de carvão e sua calça enferrujada, seu nariz arregaçado, seus cabelos anelados, seu livro de escrituras, seu raio de luz, um menino tão desamparado! Li e reli aquelas palavras escritas com uma letra tímida e inclinada, em tinta azul, um verso... outro verso... outro...

Menino inspirado

Quando Antonio escreveu aquela composição, um pouco antes de ser matriculado no curso do professor Sabino, com quem começou a estudar latim, filosofia e francês, já era um menino inspirado. Ele nasceu poeta, ou talvez tenha se tornado poeta quando leu os primeiros livros de poesia e sentiu-se tocado por aquela expressão de mundos sensíveis, como sua alma era tanto, alma desfeita em lágrimas nas flores das bananeiras, desfeita em orvalho sobre as nossas relvas. Havia alguma coisa já que o arrastava a outros reinos, algum bálsamo, uma ânsia de mudança, uma rebeldia contra tudo aquilo que cortava as asas dos anjos, em seus olhos eu via o quanto era solta a sua imaginação e melancólica a sua fantasia de criança, como ele era insatisfeito com o que via a seu redor, como preferia as coisas estranhas e curiosas, e como tinha inclinação para o devaneio, como era arrebatado pelos sentimentos, ou melhor, pela paixão. Os estudos com o professor Sabino, as leituras que tanto deliciavam sua mente, foram o que criou sua inquietação, ele virou um menino cada vez mais insatisfeito a esperar que a vida se passasse como num romance. As leituras foram culpadas de Antonio ser inapto para a vida comum, para ganhar dinheiro, para simplesmente ser feliz, disse Maria Luíza, o que havia acontecido com ela mesma, que tanto gostava de ler. Antonio deu na poesia con-

DIAS & DIAS

tra o vento. Foi Maria Luíza quem me mandou um romance quando aprendi a ler, mas Natalícia pôs fim no livro antes que eu abrisse a primeira página, porque a leitura de romances deixava as moças doentes, encorajava a imoralidade, os romances eram silenciosos instrutores na arte da intriga, disse Natalícia, os romances faziam as moças ficar incapazes de cumprir suas obrigações no lar, responder aos pais, viver reclamando de não ser filhas do presidente e determinadas a se tornar as mesmas heroínas que só existiam no papel. Um grande cavalo de batalha. Acaso salvou-me Natalícia de ser infeliz? Apenas atiçou a minha curiosidade, e li outros livros escondida na despensa à luz de vela, em busca da heroína dentro de mim, mas não havia heroína nenhuma. Deixemos porém essas coisas que me fazem febre, estou hoje vendo o mundo de azul e d'oiro.

A mãe negra

Antonio era um menino compenetrado, estudioso, orgulhoso, o melhor para trepar nas árvores, para fazer armadilhas e passarinhar, o mais rápido para nadar no lago, bom de luta, e muitas vezes lutava de murros com os meninos que o ofendiam como filho de português, filho espúrio, mestiço, esmurrava-os para defender sua mãe negra. Antonio não era filho de verdade da dona Adelaide, e sim de uma negra, ou uma mestiça de africano com índio, uma negra que vivia com o seu João Manuel na rua do Cisco, como amásia, e que ele despachou para casar com dona Adelaide. Caxias era mesmo lugar de negros escravos e índios, índios bravos e índios mansos das nações aponegi-crans e macame-crans, que papai chamava de índios carauus, eu via os índios mansos que vinham à vila negociar, ia à janela, atraída pelos gritos que já conhecia. Os índios chegavam das matas entre o Mearim e o rio das Alpercatas, traziam bolas de cera de mel de abelha, plumas coloridas, pássaros nos dedos, cestas delicadamente trançadas, coisas que trocavam por facas ou panelas, roupas, machados ou ninharias. Eram robustos, altos e andavam com desembaraço, falavam algumas das nossas palavras portuguesas e sorriam com seus pequenos olhos. Para agradar aos índios, para que eles não sentissem atiçados seus instintos guerreiros, as famílias da vila lhes davam de presente

26

panos coloridos, roupas velhas, contas, farinha, tabaco, cachaça. Deixavam perto deles as ofertas, saíam correndo, fechavam a porta de casa e ficavam a espreitar por trás da janela se algum índio aceitava o presente. Eles se enrolavam com os panos e sentavam para comer a farinha, fumar, falando seu idioma, rindo.

Furor de bacanal

De noite os índios ainda ficavam na vila, enchiam a cabeça de cachaça até se embriagar e dançavam suas danças na rua, eu espreitava aquelas sombras se contorcendo, o fogo dos archotes girando, girando, os braços bramindo as armas, ouvia os urros e os barulhos dos borés e dos maracás e não conseguia despregar os olhos. Os meninos mais velhos e mais corajosos iam olhar de perto a bacanal, depois contavam o que viam: os índios tinham orelhas que vinham até os ombros, suas bocas eram panelas, eles tinham asas na cabeça, um olho debaixo dos cabelos na parte de trás para saber se alguém os seguia, a pele era feita de tacho de cobre, e para dançar eles pintavam-se de traços pretos e vermelhos como as galinhas do seu Barnabé, quebravam com seus gritos o silêncio da vila e faziam os morcegos correr das suas tocas nos telhados, as mulheres índias de camisolas brancas assistiam à dança de seus homens, ficavam ali para receber dos moradores da vila as oferendas, cuspiam no chão e deixavam suas crianças soltas como passarinhos silvestres, as crianças eram gentis e sorridentes. Quando os índios estavam na vila papai azeitava e municiava suas espingardas velhas do tempo da guerra, e dormia com as armas encostadas ao lado da rede. Ele dizia que os índios possuíam olhos por todo o corpo e armas escondidas debaixo dos panos, por dentro das calças curtas, que até as mulheres tinham armas escondidas debaixo das camisas, até mesmo as crianças. Mas as crianças vinham nuas, era o padre Demócrito quem as cobria com roupas velhas recolhidas de porta em porta, elas ficavam encantadas com aquelas roupinhas, e também gostavam do leite com jerimum que Natalícia lhes levava numa cuia.

Canto dos piagas

Só descobri que eram belos os índios, seus adornos, seus costumes, quando li as composições de Antonio, "I-Juca-Pirama", "Leito de folhas verdes", "Marabá", tão encantadoramente líricas, que falam no índio gentil, nos moços inquietos enamorados da festa, índios que às vezes são rudos e severos mas atendem meigos à voz do cantor, aprendi que mesmo o sacrifício da morte e do canibalismo é, Deus me perdoe, uma insígnia d'honra, percebi que eles sofrem, se enternecem, sentem fome, choram, receiam morrer, perdem-se nas matas, tateiam as trevas da noite lúgubre e medonha, são como nós, só que mais bravos, entendi a nobreza que existe na guerra das tribos, nas suas façanhas de bravos, no canto da flecha, e nas raivas sagradas, e descobri que eu e eles até somos parecidos ao menos nisto: os índios acordam com o estado de espírito do sonho que tiveram na noite, ou ledos ou tristes, ou timoratos ou cheios de ardimento, *ybá tyba*, pomar, *moanga*, coisa imaginada, *caraibêbê*, anjo, anjo sem asas anjo caído... *Falam Deuses nos cantos do Piaga, Anhangá me vedava sonhar,* tudo o que escreve Antonio em suas composições deixa-me afundada como a flor de "Não me deixes"!

A língua abandonada

Os índios marcaram tanto as lembranças de Antonio que muitos de seus versos são indianistas, e Antonio fez até um dicionário da língua dos índios onde aprendi umas palavras, como *apyri*, que significa junto de mim, *avará*, que é raposa, *japi apixabá*, que é pedrada, *nheéng* que é falar e *nheén-nheéng* que é fazer discurso, e outras que esqueci. A língua tupi é mais bonita do que a língua portuguesa e teria sido bom se a houvéssemos escolhido para a nossa língua-mãe, mas agora a despachamos, assim como o pai de Antonio, seu João Manuel, despachou a negra. O pai de Antonio era português de Trás-os-Montes, e não gente daqui mesmo, não era brasileiro como minha família de militares cearenses que vieram lutar contra o coronel Fidié e acabaram ficando por aqui, seu João Manuel tinha vindo de Portugal para cá a fim de fazer a vida como tendeiro e era bem-sucedido, tinha sua casa de comércio repleta de mercadorias, sacos de feijão, arroz vermelho da terra, farinha, carne-seca, peças de tecido de chita, rolos de tabaco, pedras de açúcar mascavo e rapaduras, ovos, linha de costura, sal, café, manteiga de garrafa, barbante, algum botão de osso, alforjes, alpercatas, seu João Manuel pesava mercadorias numa balança pintada de verde, era uma boa tenda, onde Natalícia me mandava comprar o que estivesse faltando em casa e eu ia para a tenda, via aquele menino magrinho sentado num lugar escuro no fundo do armazém, apenas um raio de luz descia sobre o papel.

O escriturário

Antonio sentava atrás daquele livro grande de escrituração iluminado pelo raio de sol que entrava por uma janelinha alta, compenetrado fazia as contas da loja como se fosse um adulto, metendo a pena no tinteiro a cada instante, com cuidado para não deixar cair nem um pingo, sob as vistas de seu João Manuel, e meu coração se apertava de tanto admirar aquele menino que se comportava como adulto, Antonio tinha treze anos e já sabia cuidar das contas do negócio da família, era tão miúdo, desamparado! e já sabia escrever versos, Antonio raramente sorria, mas seu sorriso era um doce encanto e seus lábios encarnadas pétalas de rosas no rosto, seu João Manuel também nunca sorria, quando olhava a pessoa nos olhos a pessoa tremia, terrível olhar, cenho carregado, o rancor lhe fervia no peito, os *olhos dum tigre a fuzilar, indócil corcel que morde o freio*, seu João Manuel era severo e ríspido, com seu bigodão, sempre tossindo, o avental tão limpo... falava quase nada, só para dar ordens ao filho, dizer o preço. Antonio e seu João Manuel não trocavam palavra, mas via-se o quanto o menino amava e respeitava o pai, aquele menininho sonhador. O pai queria que Antonio seguisse a carreira comercial, mas talvez imaginasse que dentro do filho havia gravados cintilantes mundos, pelo menos percebeu que se desenvolvia notavelmente a inteligência do menino.

Tempo conturbado

Sei que Antonio nasceu em terras de Jatobá e não em Caxias, num sítio chamado Boa Vista, uma propriedade que pertencia ao pai, nunca estive lá, pois fica a catorze léguas de Caxias, mas dizem que é um lugar bonito, com uma vista do deserto e das montanhas, e do vale de flores perenes, do lago, dos largos campos de algodoais, e um céu sem nuvens, de um azul suave. O tempo de nosso nascimento, Antonio em 1823 e eu em 1824, foi conturbado, Caxias já era uma comarca próspera, os portugueses desde muito antigamente tinham se estabelecido lá para negócios de comércio, retalho, exportação, importação, eles animavam a economia, tinham os cargos políticos, controlavam os negócios públicos, até mesmo trocaram o velho churka por um descaroçador de algodão mais novo, construíam casas grandes de negócio e edifícios sólidos de cantaria, eram os donos de tudo por aqui e achavam que aqui era terra deles, sempre foram uns "espetados", dizia papai. Um pouco antes do meu nascimento começou um tempo de pobreza, o negócio do algodão estava esboroado porque o algodão não tinha mais lugar no comércio entre os países e muitos fazendeiros daqui tinham medo de cair na miséria, faziam juntas na igreja, murmuravam na Câmara, coçavam a cabeça, aqui se ouvia falar todo o tempo de insurgentes, movimentos nacionalistas em que conspiravam contra o rei, mas os portugueses em Caxias adoravam dom João e resistiam ao Império Independente.

Espírito restaurador

Os portugueses daqui não queriam nem ouvir falar em independência, diziam que a pobreza ia ser ainda maior se o Brasil fosse separado de Portugal. Mas a Independência veio de qualquer jeito, e foi o próprio filho do rei quem deu o grito, e quando veio a Independência o coronel Fidié retirou-se em Caxias, onde tinha muitos seguidores portugueses. Pouca gente de Caxias quis aderir aos nacionalistas, o povo daqui vivia afastado de tudo, tinha espírito restaurador, parece que se entendia diretamente com Portugal, mais perto da nossa vila do que o Rio de Janeiro, ao menos parecia, e se entendia com os portugueses, e também, como eram gente leal, as pessoas tomavam como ofensa o que um filho fizera ao pai e à pátria porque dom Pedro era filho de dom João e de Portugal, como poderia alguém apoiar um filho desnaturado? A fala de dom Joaquim de Nazaré confirmava esses sentimentos, ele era o nosso bispo e o pessoal o escutava. Debaixo das asas do bispo, Caxias e tantas outras cidades da nossa comarca viraram o foco das forças portuguesas, Fidié mandava em Caxias, o povo tinha medo dele, até os portugueses tinham medo dele, os portugueses falavam em plena rua insultos contra o imperador desnaturado: Ele é verdadeiramente enciclopédico! Ah o seu forte é o namoro! Tão destro na tática de cupido!

Coração ofendido

E gritavam contra os brasileiros ofensas horríveis, deixavam apertado o coração dos ofendidos, daqui os portugueses mandavam homens armados para outras províncias, faziam ameaças aos piauienses, aos cearenses, aos baianos. Encontravam um viajante a caminho e perguntavam: És a favor ou contra a Independência? Quem fosse a favor da Independência era preso e deportado, depois a coisa chegou a tal ponto que qualquer padeiro, alfaiate, barbeiro ou mendigo que fosse português tinha o direito de prender qualquer brasileiro, sem nem mesmo perguntar se era a favor ou contra a Independência, sem nenhuma acusação ou suspeita de nada, bastava ser brasileiro para ser preso e maltratado nas prisões, os portugueses ainda achavam que estavam certos! não prendiam quem tinha passaporte ou guia militar e só davam passaporte ou guia militar a quem fosse a favor deles e contra a Independência, achavam que qualquer negociante que vinha da Corte era emissário do imperador e que tinha sido mandado para pregar a emancipação, todo mundo sentia medo de ir à rua, os homens saíam armados e as mulheres ficavam trancadas, nem mesmo abriam as janelas, uns contratavam criadas portuguesas para que elas fossem às compras, à lavagem das roupas, ou a qualquer coisa que precisasse de ir à rua.

O primeiro levante

O primeiro levante foi no sertão, em São José dos Matões, perto de Caxias, as forças libertadoras se levantaram e depois se espalharam pelo interior da província, era guerra de verdade, com tiro, gente morta, emboscada, batalha, os portugueses resistiam com todas as suas armas, dom Pedro mandou as tropas libertadoras chefiadas pelo capitão Salvador de Oliveira e também legiões de negros chefiados pelo Couto, que ocuparam as vilas, uma depois da outra, papai foi marchando balizado pelo Itapicuru, até Rosário. As tropas que marchavam com papai eram não de soldados, mas de lavradores, vaqueiros, escravos, mesmo jangadeiro vinha, muitos deles nunca tinham pegado numa arma e nem sabiam de que lado saía a bala, houve luta de todo tipo, até de pedrada, a coisa nem atava nem desatava, e para acabar com a resistência o imperador mandou um inglês que papai achava o maior herói do mundo, o lorde Cochrane, papai sempre falava: Cochrane para lá, Cochrane para cá, um lorde, lorde isso, lorde aquilo, um lorde que veio de navio para acabar com as nossas trapaças, e o lorde conseguiu fazer o que veio fazer, conversou com o pessoal da junta que governava a capitania, conversa vai conversa vem, o pessoal aderiu, e foi então que a nossa capitania virou província do Império.

O despacho do lorde

O lorde Cochrane nomeou um presidente da província e cumprida a sua missão ele veio cobrar o pagamento que lhe deviam pela pacificação, queria o dinheiro prometido, um dinheiro nunca visto, mais de quinhentos contos de réis. Como não quiseram pagar, o lorde Cochrane cobrou o calote saqueando aqui a cidade de São Luís, e dizia papai que com muita justeza, os portugueses estavam querendo enganar o lorde. Fazer isso com um inglês! aí a conversa pegava fogo, porque papai sempre admirou o lorde Cochrane, e tio Turíbio, major reformado, dizia que o lorde Cochrane não passava de um pirata. Corsário! dizia papai, indignado, e falava de suas qualidades pessoais, de coragem, diplomacia, elegância, nobreza, mas essa era a única divergência entre os dois, no mais concordavam em tudo, quando tio Turíbio ia embora papai ficava resmungando pela casa com uma caneca d'água na mão, muitas vezes ele via a Natalícia sentada comigo ralando milho ou pilando arroz vermelho e vinha falar na cozinha que o lorde Cochrane era mesmo um herói, papai não aceitava que seu irmão falasse daquela maneira do lorde Cochrane, dizia que o lorde Cochrane tinha levado o dinheiro depositado no cofre dos órfãos e ausentes porque fora obrigado, e quando ele foi embora as coisas pioraram foi muito, dizia papai, se ele tivesse ficado... e Natalícia ouvia com um sorriso malicioso, como se não acreditasse em nada, mas ficava calada e depois ia pitar tabaco no cachimbo escondida de papai, papai ficava se lembrando de quando veio com o coronel Pereira Filgueiras, acometeu a cidade para obrigar os portugueses a capitular, a entregar o desalentado coronel Fidié.

A fuga para o mato

Papai odiava o coronel Fidié com a mesma intensidade com que amava o lorde Cochrane, papai sempre se sentiu um vitorioso por ter derrotado o Fidié, contava e recontava a história da captura com todos os detalhes, vivia dessa glória, como alguém que vive de rendas, isso justifica toda a sua vida, nem todo dia tem Santa Guerra das Panelas. No dia 1º de agosto de 23 os nacionalistas entraram na vila, papai foi um dos que entraram a cavalo dando tiros para todo lado, ajudou a tocar fogo em casas de portugueses e amarrou as mãos de muitos insurgentes, ele podia ter matado o pai de Antonio, ou, meu Deus, podia ter matado a mãe de Antonio e Antonio morreria antes de nascer, nem posso pensar nisso. O pai de Antonio era leal ao coronel Fidié e lutou contra os cearenses, piauienses e maranhenses, lutou contra papai e contra os nacionalistas, por isso papai jamais gostou de seu João Manuel e de nenhum dos portugueses da comarca, a rixa entre os dois veio daqueles tempos do coronel Fidié. A mãe de Antonio estava de barriga para dar à luz e o pai de Antonio, seu João Manuel, teve de fugir para o mato. Na noite da vitória fizeram uma missa na praça, seguida de festa com banda e baile, a banda era do imperador, nessa festa papai viu entre as moças uma graciosa morena de Caxias toda vestida de preto e que não dançava com ninguém, foi isso o que agradou a papai, também o olhar voluntarioso da moça de pequena estatura, nariz empinado, que se vestia com muita austeridade e não admitia que alguém lhe falasse sem demonstrar submissão, era mamãe, papai se apaixonou por ela, conquistou-a com sua farda escarlate com galões dourados, montado num cavalo garboso, noivou e casou num instante e, para agradar a sua noiva, ele resolveu ficar morando em Caxias. Lá eu nasci, só para nascer perto de Antonio, porque eu já era obstinada antes de nascer. Às vezes fico pensando: se não tivesse acontecido a Independência, se papai não tivesse vindo lutar contra o Fidié, se eu tivesse nascido em Fortaleza, eu nunca teria conhecido Antonio. Por isso amo secretamente o coronel Fidié e quando papai fala mal dele eu saio de perto.

Reduto de portugueses

Quando papai veio com os canhões e o pai de Antonio foi se esconder no sítio, levou a tal da negra prenhe, que era mulher casada e separada do marido e vivia com seu João Manuel na rua do Cisco, fugiram para o Jatobá e Antonio nasceu em cima de um pelego de carneiro numa casa de taipa e chão de terra batida, um menino mirrado, pequenino, escuro. Logo depois do nascimento o seu João Manuel foi embora para Trás-os-Montes, deixou a negra no Jatobá com o menino pequeno, uns dizem que seu João Manuel mandava dinheiro de Portugal, outros dizem que ele largou a concubina e o filho na miséria daquele ermo, a gente nunca sabe a verdade, mas pelo modo dele parece-me que não seja de abandonar assim um filho, e tenho razão nisso, tanto que dois anos depois, quando a situação acalmou para o lado dos portugueses, ele voltou de Portugal, pegou a negra e o menino e levou os dois para morar na casa de comércio na rua do Cisco. Diz a Natalícia que seu João Manuel tinha vergonha de andar com ela na rua e caminhava na frente, ela atrás com a sombrinha e o menino, e na igreja ela ficava de fora ajoelhada como se fosse escrava, mas eu não acho que seja homem desse tipo, isso são as falas desse pessoal que só tem por entretenimento espiar a vida alheia e fazer da rapadura suco de cana.

Adeus mamãe negra

Na volta a Caxias, Antonio já era um menininho levado, falador, e ali nos fundos da loja, solto nas ruas de Caxias, nos arredores da casa, nas matas, nas águas do Itapicuru, nos algodoais e pulando nos fardos ele viveu uma infância feliz, mas depois o pai separou-se da negra para casar com dona Adelaide, mandou a negra embora da casa, ela arrumou a trouxa com suas poucas coisas e foi embora, acho que ele arranjou moradia para a negra, mas diz a Natalícia que foi o antigo marido quem deixou a negra morar na casa dele, ela foi embora e nunca mais viu o filho, ou viu pouco, Antonio ficou na casa do pai, sem mãe, e posso imaginar o que foi para ele perder a mãe negra, ver-se de repente numa casa que não era mais sua, numa família que não era sua, e logo na casa de dona Adelaide, uma mulher seca e calada, que tratou num instante de ter filhos legítimos, tudo isso foi uma triste prova para um menino sensível, acho que por isso Antonio ficou melancólico e refugiou-se na poesia, não penso como Maria Luíza, embora saiba que ela tem lá seu discernimento, tantas pessoas leem poesias e não se tornam poetas, a poesia é para gente como Antonio, gente que não fala, gente que se sente desamada, sem mãe, que lê no banco da praça, ou gente que não sorri, que ama a solidão, o silên-

DIAS & DIAS

cio, o prado florido, a selva umbrosa e da rola o carpir, como mesmo disse Antonio, gente que ama a viração da tarde amena, o sussurro das águas, os acentos de profundo sentir, para esses é a poesia.

A poesia, o poeta

A poesia é para gente que gosta de errar pelos vales e campos, pelas ruas sujas, pelos becos sem saída, gente que chora a vida que se escoa lenta, longa e em vão, que ama a triste noite e suas negras asas, a poesia não é a tradução das estrelas, nem da brisa na palmeira, nem do murmúrio das florestas, a poesia é dor, sofrimento, espinho da vida a se entranhar no coração do poeta, poeta é aquele que sofre sem motivo, aquele que tem a inocência de determinar para sua própria vida sacrifícios de que ninguém toma conhecimento e a ninguém interessa, a não ser a algumas almas compassivas, as pessoas se interessam mais pelo brilho do poeta que sabe acender uma festa do que pela poesia em si, ou pelo poeta humano, diz Maria Luíza. Poeta é uma pessoa egoísta, isso foi Antonio quem escreveu numa carta a Alexandre Teófilo que Maria Luíza me deixou ler, os poetas são egoístas nas suas dores, e orgulhosos, pensam que qualquer pessoa que tem uma alma boa vai se interessar por eles, uma alma boa, assim feito eu, que tenho uma desgraçada alma compassiva, às vezes Maria Luíza vinha me dizer: Feliciana, como tu és boa! eu ficava danada de raiva, porque sei que ela queria dizer *boba*.

Alma compassiva

E dizem em Caxias que sempre fui uma alma boa, titio falava isso, e Natalícia dizia: Ah, ela é uma boa samaritana! eu ficava fula com as carolices desse pessoal que fica despachando do próximo, desenterrando morto e engasgando-se com mosquitos, sei que a Boa Samaritana queria dizer que eu dava trela mais a um filho de estrangeiro do que a um natural, que eu dava de beber a um inimigo e não a um brasileiro, mas como podia eu ser a boa samaritana se ela teve seis maridos? ou foram oito? ou doze? feliz dela que teve tantos amores, se é que amou, eu tive nenhum marido e apenas um único amor em toda a minha vida, um amor sem modos de o conseguir, mas que não tem nada do que pensam os beijadores de ladrilho da igreja, no escondido da noite sinto uma desordem dentro de mim e ninguém sabe disso, minha devoção é muito mais romântica porque é secreta, Maria Luíza disse que não entende como eu aceito ser uma preterida, como eu me deixo ficar feito encomenda sem dinheiro que não sai do tinteiro, um dia escrevi uma carta para Maria Luíza explicando que não sou uma preterida, é bem diferente disso, sou alguém que ama em segredo, não sei por que sou assim, talvez seja aquele mesmo problema dos poetas que se entregam a sacrifícios que não interessam a ninguém, vivem para o próprio segredo, mas prefiro isso ao lugar-

-comum, prefiro essas pessoas revolvidas pela tristeza, do que ter um pensamento a menos cada ano, prefiro amargar a engolir, apenas por amar Antonio sinto-me como que enfeitada de ouro e pérolas, isso escrevi na carta, porém nunca mandei essa carta para Maria Luíza, para ela não pensar que sou uma boa samaritana metida a santa, o que prova a santidade é vencer a tentação, e não aquele que nasceu com o coração de pedra dura, feito eu, mas o de coração de muitas bitolas irrealistas.

Preparação da alma

Antonio estudou primeiro com o professor Abreu, depois com o caixeiro da loja, que lhe dava muita palmatória, muito dever e muito livro, e preparou-o para escriturar. Depois Antonio foi trabalhar no armazém da família, mas sobre aquele grande livro de escrituração ele afirmava seu espírito, sobre os números ele preparava sua poesia entregando-se a impressões momentâneas e aprendendo a ler em sua própria alma, a reduzir à linguagem harmoniosa e cadente o pensamento que lhe vinha de improviso, também as ideias que lhe inspiravam a contemplação de uma paisagem, ou de uma menina que entrava na casa de comércio para comprar meio quilo de feijão-verde, ele aprendeu a casar o pensamento com o sentimento, o coração com o entendimento, a ideia com a paixão, a colorir o mundo com sua imaginação, a fundir tudo isso com a vida e com a natureza, a purificar as coisas com o sentimento da religião e da divindade, a descobrir o espírito que o levaria pela vida, a santa Poesia, como ele mesmo diz no prólogo de seu primeiro livro, os *Primeiros cantos*. Eu o conheci quando ele já trabalhava na casa de comércio na rua do Cisco, e seu João Manuel já era casado e tinha filhos com dona Adelaide, que eu pensava ser a mãe de Antonio, até que Natalícia me contou a história da mãe negra, eu sempre notei que Antonio era diferente dos outros filhos de dona Adelaide, mas não nos traços, isso só percebi depois.

A irmã angelical

José, João Manuel, Domingos e a Joana, pensando bem, eram mais alvos e de traços mais finos do que Antonio. Os três meninos jogavam sempre juntos, enquanto Antonio ficava de conversa com a pequena Joana, as meiguices de uma alma ingênua e pura brilhavam naquela menina e atraíam Antonio, Joana era doce, branda, angelical, iluminada, graciosa, meiga, anjinho inocente, mimosa, travessa e poderosa, Joana tinha sobre o irmão um poder imenso, um indizível condão, o poder de aliviar suas mágoas, seus queixumes, apagar suas lágrimas, Antonio amava tanto a irmã que lhe escreveu um de seus mais belos poemas, Joana era um bálsamo divino sobre as chagas de Antonio, ele gostava de crianças pequenas, vi-o algumas vezes a conversar com criancinhas como que encantado, absorvido por suas palavras naturais como o nascer da aurora, imerso nas leves graças adornadas de inocência, por amar as crianças ele escreve de maneira tão simples composições que qualquer criança pode compreender: *Minha terra tem palmeiras onde canta o sabiá...* e mesmo suas poesias conservam algo de uma primeira infância, leda e gentil, *O céu era azul, tão meigo e tão brando...* Antonio foi uma criança feliz, sentia em seus cabelos os raios de sol da existência, a flor da vida.

Uma criança feliz

Como os outros meninos, Antonio brincava de correr atrás das tropas de mulas que os viajantes vendiam aos comboieiros que iam levar fardos de algodão no tempo da colheita, ou tabaco, ou coco de babaçu, e outras mercadorias que fabricavam em Caxias, como as botas tacheadas de seu Manoel Balthazar, o sapateiro. Antonio também gostava de atravessar as águas do Itapicuru a nado até os bancos de areia, ou de ficar boiando em pedaços de troncos até encalhar nos baixios, o que era defeso, era faz-mal, poucos meninos se aventuravam a esse perigo, Antonio jogava pedras no rio, olhava os marujos a dar nó nos cabos da barcaça, corria nas campinas esvoaçando de branco, comia pacova até ficar entupido, andava de mula no campo do trigo turco, nas brenhas de espinheiras e de palmeiras, bebia licor de Portugal e lia os livros do paraíso, livros e mais livros, linha por linha, mesmo vivendo num lugar pequenino ele era dono do mundo, enquanto eu vivia escondida detrás da janela e no calor da cozinha, no ralador, no pilão, que coisa haverá mais irrisória do que a vida de uma mulher, do que a minha vida? Quiçá a vida dos velhos, a vida de papai, a de Natalícia ainda pior, e que tristeza a vida do professor Adelino! só quem sabia viver naquela comarca era Antonio, e sabia viver porque sonhava, porque estava sempre nos concílios das nuvens.

Indissipável melancolia

Quando eu o conheci, Antonio já era um menino de indissipável melancolia no coração, já de todo emaranhado nos seus fios sutilíssimos, uma vez de noite eu o vi na praça, calado, olhando para um livro aberto no colo, debaixo do poste de luz de azeite porque não havia luz no seu quarto, ele nem tinha quarto e dormia numa rede na cozinha com as escravas, como disse Natalícia, dona Adelaide fazia cara feia para as leituras de Antonio e ele ia ler na praça, mas acho que não estava lendo, apenas, acho que afogava as mágoas nas páginas do livro, dona Mariquinhas que passava de volta da missa olhou com dó aquele menino solitário, o seu Joaquim que fechava as portas de sua casa de comércio parou um instante para espiar o menino sentado no banco com um livro ao colo, o padre Demócrito foi conversar com ele acho que para dar conselhos porque ao contrário do resto da sua família Antonio não era muito fervoroso com o catolicismo, e eu com o coração aos pulos espreitava da janela do quarto de Natalícia, que dava na praça. O pai compreendeu o espírito ansioso do filho, seu amor por aprender as coisas, sua dedicação às leituras e o tirou do balcão para que ele fosse estudar com o professor Sabino. Para mim foi horrível porque eu não o via mais na hora que desejava, só quando ele saía de casa para ir à aula, mas o professor Leão Sabino fi-

DIAS & DIAS

cou bem impressionado com o aluno aplicado e inteligente, indicava os livros que deveria ler, seu João Manuel comprava os livros para Antonio, encomendava-os de São Luís, do Rio de Janeiro, até mesmo de Lisboa, parece que era assim, livros dos mais importantes escritores que eu nunca imaginava poder ler nem compreender muito menos, Montolieu, Vasco de Lobeira, Bernardin de Saint-Pierre, Ducracy-Duminil, Florian, Marmontel, só pelos nomes já dá para ver a importância deles, se esse Marmontel fosse brasileiro ia chamar-se Marmota, aqui zombam de tudo o que é nosso, uns zombavam de Antonio, Antonio caminhava na rua, magro, pequeno, com um livro debaixo do braço, menino qual gazela educada pelo deserto, nas águas da corrente da vida, ido pelo orvalho do céu, parecendo mergulhado em um mundo perdido bem no fundo de si.

Botas de merinó preto

Mesmo que Maria Luíza não acredite, porque nunca lhe mostrei o papel de embrulho, e ela acha que nunca lhe mostrei porque o papel de embrulho não existe, nem existe poesia nenhuma, porque jamais recitei ou transcrevi nenhum dos seus versos, mesmo que ninguém acredite na existência da composição a meus olhos verdes, mesmo que não tenha sido escrita por Antonio, ou tenha sido escrita para a negra Maricota, pouco importa, seu primeiro poema da vida foi escrito para meus olhos, tenho essa certeza íntima, e por gratidão jamais deixarei de sentir o que sinto por ele, leda flor que desponta em meu coração, o menininho qual gazela educada pelo deserto, a ouvir sabiás por entre os troncos de robustos cedros, por suas mãos pequenas e seus pés pequenos, por seus passos curtos e apressados, lembro-me tão bem dele indo para as aulas de caligrafia! rápido para caminhar saltitando feito um sabiazinho no capim, Antonio passava na frente de minha casa, era seu caminho, eu o espreitava, *Como se ama o silêncio, a luz, o aroma, o orvalho numa flor, nos céus a estrela, como se ama o clarão da branca lua, de noite na mudez os sons da flauta, como se ama a mansa viração que o bosque ondeia... oculta e ignorada me desvelo por ti que não me vês...* quantas anáguas eu usava, ainda nem havia a crinolina, eu amarrava fitas de veludo nos cabelos e calçava botas de merinó preto.

Um sabiá na gaiola

A casa e a rua

Eu era uma menina cheia de sonhos, e um dos meus sonhos era aprender as letras, aprendi as letras com Natalícia e nem sei por que nunca fui à escola. Outra paixão que eu tinha era sair de casa, em se tratando de sair qualquer coisa me parecia boa, levava horas esquecida na igreja ou na feira abafando de calor, mas tudo era melhor do que o fresco de casa, eu gostava de espiar cada pessoa com atenção, reparar e concluir. Minha mãe fora muito severa, mas morreu quando eu ainda era criança pequena e meu pai de alguma maneira compreendeu o coração de sua filha, e tanto eu insisti que ele deixou-me aprender a leitura e sair de casa quando eu quisesse, desde que fosse com ordem de Natalícia e com hora para voltar, acho que ele só não entende o próprio coração, talvez nem mesmo acredite que exista um coração dentro do peito de homens, só no das mulheres, papai dizia que as mulheres são fracas para guerrear mas algumas há tão animosas que se lhes dessem uma espada não teriam de invejar aos soldados, sem contar a espada predileta que é a língua, e quando falava isso acho que estava se referindo a mim. Mas papai não se metia nos assuntos de mulheres, foi Natalícia quem me instruiu na vida do pouco que eu sei, quase nada, e me passou suas ideias de educação, como eu devia me comportar à mesa, ou me vestir, ou me dirigir a um senhor ou uma senhora, ou beijar a mão do padre, a arte da culinária e do bordado, como fazer capelas de flores, e alguma coisa sobre o casamento, mas mantinha secreto o que acontecia na intimidade da alcova, dizia Natalícia que o casamento não passava de uma violação, eu pensava que ela se referia a alguma festa onde se tocava a viola, e ela deixava escapar às vezes suas ideias sobre os homens, Deus me perdoe, que os homens eram brutos, mas eu via papai tão inofensivo, de chinelas, tratando dos passarinhos nas gaiolas, acariciando a cabeça de um sabiá, assobiando um canto, e ficava a imaginar o que se escondia naquelas palavras de Natalícia.

Dançar como uma deusa

A vida que me esperava era a mesma vida de Natalícia, eu olhava os dias e dias da sua vida e sentia vontade de me desviar daquilo, Natalícia trabalhava o dia inteiro, sem um minuto de preguiça nem de cansaço, cuidava que nada fosse água abaixo, economizando cada tostão de papai, cada resto de manteiga no papel, aproveitando cada gota de leite, a nata para bater, zelando pela louça na bacia da escrava, quase sem dormir, quase sem comer, a repassar a roupa de papai no ferro mais quente, a lustrar os dourados do uniforme militar para um dia de parada, a perder a paciência com as escravas para ensinar-lhes o serviço, espantar as galinhas da cozinha, vigiar a hora do almoço, a mesa posta pela cunhã, se faltou o guardanapo, e o jantar das ave-marias, Natalícia sempre se levantava para a ceia da meia-noite de papai, vinha do quarto sem um fio de cabelo fora do lugar, de chinela, servir a ceia, papai reclamava aperreado que a tapioca estava grossa, levantava da mesa, Natalícia saía para a cozinha a lavar pratos e a encontrar sujeiras deixadas por escravas, e só ia se baldear na rede lá pelas duas da madrugada, mas acordava às cinco para preparar o café de papai, Deus que me livrasse de uma vida dessa, como podia eu não querer vida diferente? A andar na rua, a ir pelo mundo ao lado de Antonio, ou como a vida de Maria Luíza, no piano e no sarau de poesia, vestida feito moça da capital, nas *soirées*, nos teatros me abanando de leque, a escutar as conversas, a dançar no baile como uma deusa.

Sonhos perigosos

Natalícia me fazia manter a higiene e me regrava a alimentação, prendia meus cabelos em tranças grossas que rodeavam a cabeça e terminavam presas numa fivela de osso e fitas azuis, fazia-me deitar ao pôr do sol, não sem antes rezar ajoelhada à janela, rezar sempre de olhos fechados especialmente o rosário das alvíssaras, e acordar na aurora, não me deixava jogar limãozinho com as minhas primas, nem o jogo do anel, dizia que eram pretexto para o amor dos pombinhos, e eu era louca para ver um menino zonzo sentado no meio da roda de meninas tentando descobrir com quem estava o limão que passava escondido por trás das saias, e o mistério do anel que era deixado entre as palmas de um escolhido, as meninas deslizavam suas mãos entre as mãos dos meninos, e só essa ideia me deixava sufocada. Natalícia ensinou-me a não aparentar afetação nem abandono, a ter os gestos comedidos, a boca fechada para não dizer bobagem e os olhos baixos, a deixar sempre uma velinha acesa atrás da porta e uma tesoura aberta no quarto para espantar as almas penadas. Natalícia é irmã de mamãe e veio morar em nossa casa quando mamãe ficou doente, dedicou-se como uma enfermeira e permaneceu ao seu lado até mamãe morrer, mamãe fez papai prometer que depois de sua morte ele manteria Natalícia em nossa casa e lhe entregaria a educação da filha única, papai cumpriu a promessa e acabou se amasiando com Natalícia, em segredo, um segredo que todos conhecem, mesmo eu que sempre vi de madrugada a passagem de papai, de pijama no corredor escuro, com um candeeiro na mão, a seguir para o quarto de Natalícia uma vez por mês.

Sombras de esquecimento

No coração de papai havia um grande amor pelos sabiás que colecionava, pelas armas que desmontava, montava e azeitava, por seu uniforme escarlate, pelos cavalos e pelas caçadas que o levavam para longe de casa às vezes em longas temporadas, tanto que no dia da partida para a caça seus olhos brilhavam, havia em seu peito também uma recordação do amor que sentira por mamãe, não um amor ardente, mas um amor rotineiro, mamãe parece que ainda vivia dentro de casa, tudo dela estava no mesmo lugar, e Natalícia respeitava, papai às vezes ficava pensativo, esquecido do mundo, Natalícia saía de perto, como se conhecesse o pensamento dele quando ele lembrava de mamãe, e papai falava num cavalo, num sabiá, para fingir que não estava recordando mamãe, papai deitava sempre cedo e acordava com o galo como se ainda vivesse na caserna, não bebia nem ia a baile nem quadrilha, esse era o mundo de papai, seus olhos tinham bravura, ordem, comando, mas ele nunca me dava carão, como os pais das outras moças em Caxias, umas raras vezes me deu bolos de palmatória quando eu entrava na contradança. Na política para ele tudo podia ser resolvido com um tiro de canhão, pelo menos as coisas importantes, e as coisas importantes eram discutidas entre os homens, portanto em nossa casa havia um silêncio constante, papai ficava em silêncio,

Natalícia me vigiava em silêncio, eu vivia em silêncio ruminando meu mundinho de quatro varas de cassa e vestidinhos de dez patacas, mas um dia o silêncio foi quebrado, pois apareceu um rapaz em nossa casa, com uma casaca preta empoeirada de giz, era o professor Adelino, que fora lente do Liceu Provincial do Recife onde, embora jovem, regia as cadeiras de latinidade e de história pátria, uma grande vitória, pois as cadeiras eram bastante disputadas pelos velhos professores.

Invernando em Capua

Após essa grande vitória o professor Adelino foi, como Aníbal, invernar em Capua, como diziam dele, e acomodou-se em Caxias, deixando o Recife. Mudou-se com seus baús e móveis para uma casa grande numa esquina, que pertencera aos tios, era a única na cidade que tinha forro e não se viam telhas nem morcegos. O tio do professor Adelino possuía uma fazenda de gado na região e quando morreu deixou-a de herança para o sobrinho. O professor Adelino logo foi aceito na cidade que escolheu. Ele nasceu em Olinda, estudou para ser bacharel, foi professor do Liceu do Recife e dali podia saltar ao Rio de Janeiro, mas preferiu ser professor de latim em Caxias, contra o desejo do tio, que o queria cuidando das vacas leiteiras, que eram trezentas e seis além de oitenta e quatro carneiros. Tio Turíbio foi quem trouxe o professor Adelino pela primeira vez a nossa casa, e o apresentou como um patriótico rapaz órfão e herdeiro de uma boa fortuna. O professor Adelino era um rapaz quieto, de grandes e doces olhos redondos, rosto pálido e muita timidez. Quando entrei na sala ele manteve os olhos baixos e mal me cumprimentou. Depois acostumou-se a nos visitar. Antes de anoitecer passava em nossa casa, ouvia papai a falar sobre sabiás, e foi acompanhá-lo em suas caçadas de domingo, voltavam alegres, carregados de passarinhos em gaiolas e ninhos inteiros com filhotes. As caçadas consistiam simplesmente em recolher os pássaros que caíam nas armadilhas.

Astúcia de caçador

Os sabiás são assim: você não pode caçar um sabiá crescido, porque ele nunca se acostuma na gaiola, ele vai definhando, fica tão triste que nem canta mais, e morre, você também não pode caçar os sabiás filhotes porque eles igualmente morrem quando ficam longe da mãe, então o que o papai fazia era caçar toda a ninhada com ninho e tudo, e caçava a mãe, ele punha a ninhada e o ninho dentro de uma gaiola, a mãe ele deixava solta depois que ela aprendia a encontrar os filhotes no ninho, a mãe vinha trazer as minhocas e as sementes para os filhotes no ninho e papai abria a porta da gaiola, a mãe alimentava os filhotes e ia voar, voltava depois, assim as coisas iam se passando, até que um dia os filhotes ficavam grandes, acostumados com a gaiola, e papai separava os filhotes, levava-os para lugares onde a mãe não os encontrava mais, e a mãe ficava triste, definhava, até morrer. Ele era capaz de palmilhar léguas e léguas para negociar um sabiá por sessenta mil-réis, porque ouvira falar que tinha um assobio diferente, e estava sempre barganhando gaiolas e pios.

Tocaiados nas urzes

Papai saía aos domingos para caçar, levava nas costas sua espingarda de cano adamascado, para o caso de aparecer uma onça, ia tocaiar-se nas urzes, demorava horas e horas, nossa casa ficava ainda mais silenciosa, e depois papai voltava com mais uma ninhada de sabiás, cada vez tínhamos mais sabiás, ele dava alguns para crianças e ia ficando com os que cantavam melhor, depois da primavera as crianças vinham ter à nossa porta para pedir sabiás a Natalícia, que os dava com muito gosto, pois a cozinha, o corredor, o quintal onde ficavam as gaiolas viviam sujos de pedaços de fruta em volta das gaiolas, nos dias de calor o silêncio em nossa casa era quebrado pelo canto dos sabiás nas gaiolas. Papai ficava a semana toda preparando armadilhas de vários tipos, para ele e para os meninos, uns pequenos alçapões, ou umas jaulas de madeira com uma tampa no alto e um travessão aguentado por um anel, e dentro uma fruta ou semente, um engodo para atrair o pássaro, ou uns emaranhados de barbantes, e nossa casa era sempre rondada pelos meninos, que vinham curiosos, tinham o mesmo gosto de papai: sabiás, espingardas, gaiolas, armadilhas, batalhas, guerras, de tal forma que eu concluí ser o exército do imperador uma espécie de brincadeira. Pela fresta da porta do meu quarto eu via papai e o professor Adelino como dois meninos ocupados nas armadi-

68

DIAS & DIAS

lhas e sentia pena de ambos, do professor Adelino porque quando me via ficava com os olhos marejados e quando queria falar, gaguejava em latim *ad hoc ad hoc*, e de papai porque não havia mais nenhuma guerra para preencher sua vida, não havia mais canhão nem espingarda e ele vivia de tocaias, sabiás, gaiolas, silvos, gorjeios, cantos e meninos.

Coleção de sabiás

Papai ensinava ao professor tudo sobre sabiás, havia muitos tipos de sabiás: o ferreirinho, preto e marrom com um bico amarelo, que tem um grito repetitivo que parece o bater do martelo na bigorna, ou um guinchado de dobradiça enferrujada; o sabiá-laranjeira, com o ventre rufo-alaranjado, que tem um canto alegre mas monótono; o sabiá-coleira, raro porque fica sempre escondido na mata, e tem o canto mais claro, a barriga branca, garganta preta e um colar branco de plumagem que parece uma coleira de cão; e o sabiá-branco, que entra em casa e vai se esconder no telhado quando uma pessoa aparece. Papai ensinou ao professor como amansar um sabiá na gaiola dando para ele frutas e bagas, ou minhocas, e passando o dedo na sua cabeça quando ele está dormindo, mesmo levando às vezes umas bicadas, e com muita paciência porque os sabiás ficam bravos e nervosos quando presos numa gaiola, balançam a cauda para cima e para baixo, dão trinados e demoram a se acostumar na prisão, se por sorte se acostumam cantam lindos gorjeios, tenho tanto dó desses animais, agarrados num pau, os olhos tão pretos que parecem um poço fundo, o bico amarelo aberto para o alto, cantando a primavera. O professor ficava de olho, um nos sabiás e outro na cozinha. Se ele servia para casar, servia

70

DIAS & DIAS

para uma das minhas primas, tenho trinta e nove primas filhas das doze irmãs de Natalícia e mamãe, muitas ainda que antes querem comer de vinte e quatro em vinte e quatro horas feijão solteiro do que não possuir um marido.

Grudadas na janela

Natalícia dizia que nem todas as primas eram capazes de ser dignas esposas porque não eram educadas na religião, especialmente as que moravam na capital da província, como Maria Luíza, as moças da capital não aprendiam a cozinhar, ficavam o dia inteiro grudadas na janela esperando passar um sujeito distraído para o agarrar, sonhando ir para a rua, embaladas em sapatinhos de seda, os cabelos pelas nuvens, moças que quando conversavam era só para aprovar ou reprovar o noivo de uma que estava por casar, todas se remoendo de inveja, porque só pensavam em casar, Porque casar é muito fácil, mas depois criar os filhos, e cuidar da casa! Tenham paciência! Natalícia fazia o pelo-sinal, e eu cá me ficava muito caladinha, não queria virar a conversa para o meu lado. Havia mulheres desmazeladas, dizia Natalícia, que só faziam vegetar esquecidas na rede, não cosiam, não remendavam, e até um copo d'água para o marido era a escrava quem ia buscar, umas aborrecidas que faziam mais graça na quadrilha do que no Padre-Nosso, quebravam a panela e jogavam a culpa no gato, e que eu era uma boa moça, mas o meu mal, dizia Natalícia, era que eu havia me encantado por um anãozinho só porque ele era versado nuns livrinhos franceses e estimado por sua fraseologia, Tenham paciência! eu escu-

DIAS & DIAS

tava calada, não ia falar nada só para agradar Natalícia, que não podia ouvir um contra. Lá da sala o professor me dava umas olhadelas não indiferentes, trazendo um desassossego ao meu coração.

Missa em latim

O professor Adelino ouvia papai a falar na sala, eu ficava na cozinha com Natalícia, descascando macaxeira ou ralando milho, sonhando com Antonio, conheço a minha singeleza e estou bem certa da minha insuficiência, mas prestava atenção naquele novo amigo de papai — tão jovem e bonito — curiosa, a me perguntar o que poderia um professor de latim querer com um tenente do exército que jamais tinha lido nenhum livro e do latim mal sabia a missa. Falavam de armadilhas, e quando papai mostrava como fabricar uma armadilha para caçar sabiá parecia mais que estava ensinando o professor a caçar o coração de uma mulher, o *meu* coração, e dava ao professor uns pios de chifre, ensinava-o a apitar imitando o canto das aves no cio, e elas atraídas pelo canto seriam pegas pelo caçador tocaiado, e dizia papai: Para se ir à guerra ou caçar não se deve aconselhar, ou: Guerra, caça e amores, por um prazer cem dores. O professor Adelino ouvia atento e reflexivo, fazia suas armadilhas, aprisionava sabiás que depois soltava, mas jamais compreendeu o que era o pio ou, se compreendeu, não piava, ficava em silêncio na minha presença, ou murmurava palavras arrancadas à força, algumas vezes tentava engrenar uma fala preparada, mas engasgava e só saía uma cópia de sílabas sem nexo, então o professor Adelino se consolava a me espiar na cozinha a descascar maca-

DIAS & DIAS

xeira ou entregue ao zelo de Natalícia, que trançava meus cabelos de porta aberta, de propósito, para ele derramar os olhos, poços escuros, fundos, como os olhos de um sabiá preso na gaiola, olhos presos num sonho, brilhando *numa doce poeira de aljofradas gotas, pó sutil de pérolas desfeitas*, esses versos me lembram as lágrimas, lágrimas em pó, lágrimas são pérolas de águas, gotas de marfim, os olhos do professor queriam mandar-me uma flecha no coração, e eu, uma ave escondida no céu, a viver enfeitiçada pelo piaga que me encantou com seu canto, canto do sabiá livre na palmeira, o sábio encanto da palavra cingida d'oiro e vento, eu uma corça ligeira a fugir do caçador, eu que acho em ser triste do que alegre mais prazer, eu que sou alegre que só falto morrer, os olhos de bandolim do professor, os olhos de um soldado espanhol partindo para a guerra na Índia Ocidental, seus olhos acesos de amor, seus olhos de menino, seus olhos curiosos, seus olhos gotas de orvalho a dançar sobre minhas tranças, olhos que amam o silêncio, talismãs quebrados sobre as cordas da minha harpa que não ressoam, falerno em taças d'oiro, inquietos, causando tormento, lambendo o verde mel dos meus olhos, derretendo açúcar nos meus ombros.

Coração aprisionado

Eis a questão: o professor Adelino queria aproximar-se de mim, e acho que só porque eu não queria saber dele. Depois de prosear com papai, vinha para a cozinha, Natalícia o recebia com uma caneca de garapa e um prato de macaxeira frita na manteiga, ou tapiocas, e ele proseava com Natalícia, tudo o que ele queria dizer-me dizia a Natalícia, sem coragem de dirigir-se a mim diretamente, nem de olhar-me nos olhos, equivocar-se da cor, nem de escrever uma poesia num papel de embrulho, até que um dia o professor entregou uma carta a meu pai pedindo permissão para me fazer a corte, e papai permitiu sem ao menos consultar-me! Natalícia leu-me a carta, que me enterneceu, mas o meu coração estava aprisionado, e Natalícia, a única que conhecia meu segredo além de Maria Luíza, disse-me que eu desistisse daquele português de meio metro que nem mesmo olhava para mim e vivia com a cabeça na Europa, que eu abrisse os meus olhos *castanhos* para a realidade, e ela dizia castanhos com toda a ênfase, a realidade era o professor Adelino, mas eu disse que nunca poderia amar ninguém, nem que me viesse com carta de recomendação de santo Antônio, como dizia papai: quem atravessa o Rubicon não pode mais recuar, eu vivia sob a impressão de quando li os versos no papel de embrulho, guardava dentro de mim a imagem de Antonio, e meu amor jamais esmorecera, eis a questão.

76

Um eterno monólogo

Pensava em Antonio, isso me enchia de uma estranha felicidade, ele estava sempre por perto pois vivia dentro de mim, pelo menos o seu fantasma, eu o via nas palavras, eu o ouvia no canto dos sabiás, no balouçar das palmas, em cismar sozinha à noite eu o via nas cortinas, nas nuvens e nas estrelas, via seu rosto estampado na lua, nos rostos dos rapazes de Caxias, no do professor Adelino, enquanto o professor Adelino olhava-me de esguelha eu pensava em Antonio, temia esquecer Antonio, não podia esquecê-lo, isso seria uma traição a mim mesma, comprei uma imagem de santo Antônio, fiz um oratório e mantinha uma vela sempre acesa, ajoelhava-me e rezava todos os dias aos pés do santo Antônio para que me trouxesse o seu xarapim, minha vida se tornava desgraçada sem a sua lembrança e tudo o mais era esquecimento, pensar em Antonio era viajar na minha imaginação, na verdade eu não queria encontrá-lo, tinha até medo disso, e às vezes antes que cruzássemos na rua eu escapava numa carreira, ainda mais se eu estivesse malvestida, descabelada, eu queria mesmo era um eterno monólogo, disse Maria Luíza, no dia que eu encontrasse de verdade Antonio, conversasse com ele, olhasse dentro de seus olhos, ele seria um estranho para mim.

mutatis mutandis

Enquanto isso o professor Adelino seguia-me como um pintinho atrás da galinha, ouvi-o dizer a Natalícia que ele abençoava o dia em que me conhecera e rezava a Deus para que lhe permitisse ser digno de acalentar uma esperança de receber meu afeto. *Majores pennas nido*, isso ele disse, como ele era professor de latinidade sempre falava umas frases em latim, *mutatis mutandis, spiritus ubi vult spirat*, sempre metia no meio de suas conversas uma frase que ninguém entendia, só quem era seu aluno e sabia latim. Ele tinha vinte e sete anos, mais ou menos o dobro da minha idade, a diferença diminuiu com o tempo, mas não nos aproximou, quer dizer, somos quase um a sombra do outro, ou melhor, ele é quase a minha sombra, pois onde quer que eu vá ele me segue, ele faz parte de minha vida, até mesmo preciso admitir que necessito dele, o professor Adelino é um apoio para mim, faz-me feliz saber que alguém me ama dessa maneira — embora seu amor me sufoque e incomode — e ao mesmo tempo que desejo livrar-me dele, faço com que fique sempre preso a mim — porque percebo que quanto mais o destrato, o desprezo, o desconheço — quanto mais sou impaciente, e infantil e desequilibrada — e altiva — mais ele se sente preso a mim e mais apaixonado — o que me irrita e me faz, caprichosa, tratá-lo com ainda mais descaramento, causando nele maior timidez e afeto.

As grandes asas do mosquito

Acho isso triste, mas não consigo fazer cessar, já se vão anos e anos em que as coisas sempre correram assim entre mim e o professor Adelino, ele em silêncio e eu também, um na presença do outro, ele com a sensação de *majores pennas nido*, que significa as asas maiores do que o ninho, para dizer uma pessoa medíocre que alimenta uma ambição desmedida, tão grande a conta em que ele me tem, e eu me sentindo uma flor murcha, o professor Adelino enviou ramos e mais ramos de flores brancas, sempre brancas, que significavam a pureza de seu sentimento por mim, todas elas eu desprezava, sem dar-lhe resposta alguma, a casa ia se enchendo de jarros e de um perfume delicado. A cada ramo de flores crescia meu estorvo pelo amor do professor Adelino e minha dependência dele. Eu não conseguia demonstrar o que sentia, logo que o professor Adelino adentrava a casa eu apertava as mãos e parava onde estivesse, muda, a morder os lábios e a ofegar. Ele me fazia alguma pergunta e eu respondia com um murmúrio, em uma ou duas palavras, e a nossa conversa nunca ia adiante, Vossa mercê... aprecia o doce de jambo? Hmmmm... sim, Vossa mercê... já viu um sapotizeiro? Hmmmm... sim, Vossa mercê... foi à missa hoje de manhã? Hmmm... sim, Vossa mercê... vai à procissão de Jesus morto? Hmmmm... não sei.

Patuscadas

O professor não fazia parte das patuscadas dos rapazes de Caxias, não ia para a Ponte todas as noites, mormente de luar, onde os rabequistas sentavam de um lado, os políticos de outro, os jogadores adiante, a empinar duas garrafas de cerveja e falar da intimidade das famílias, a soltar gracinhas para as moças que passavam na rua, o professor nem recitava versos noite adentro, *Assim eu te amo, assim; mais do que podem dizer-to os lábios meus* — nem cantava serenatas ao violão, *O que é belo o que é justo, santo e grande, amo em ti* —, nem ia para as tertúlias nas fazendas passar noites-brancas, nem fazer barulho nas ruas de madrugada com cachorros vadios a latir para as estrelas, nada disso, ele ia a pé para sua casa logo depois de deixar minha casa, abria a porta que rangia, punha o chapéu no prego da parede, engraxava os sapatos, lia um dos seus livros, deitava e dormia cedo, acordava cedo, montava seu cavalo árdego, e ia foragir-se na fazenda da Penha, perguntar pelas vacas, provar do leite no balde, fazer as contas, olhar os bezerros, comer uma pamonha com leite de coco manso, um chibé de açaí, depois ia dar suas aulas para meninos, escrevia com giz no quadro-negro e apagava, escrevia e apagava, todos o estimavam, todos o cumprimentavam na rua, ele era bonito, ele era bom, ele era direito, ele era rico, todo mundo confiava nele, Vossa mercê aprecia sorvete de jussara?

Hmmm... não muito, Vossa mercê já assistiu ao cosmorama inglês? Hmmm, nunca, Vossa mercê... vossa mercê... vossa mercê... Hmmm... hmmm... Boa noite, adeus.

Vestida para seduzir

Considerando que eu já estava na idade de casar, ia fazer catorze anos, papai decidiu tratar meu casamento com o professor Adelino, como se estivéssemos no tempo antigo. Papai marcou o noivado, mandou Natalícia preparar a melhor comida que podia, deu-lhe dinheiro para comprar uma garrafa de vinho desde que não fosse português, mandou chamar o contador, fechou-se com o homem na sala de visitas e ficaram a manhã inteira a fazer contas, eu sabia o que era aquilo, estavam a determinar o quanto se podia gastar no casamento, também papai estava indagando sobre as posses do professor Adelino, e o meu sangue gelou-se nas veias como se um fantasma de imensa extensão rebentasse aos meus pés, ó desgraça! ó ruína! Natalícia passou dias e dias a preparar o banquete, sempre com um rabo de olho para mim, levou-me à casa de comércio para comprar uma peça de tecido a fim de que a costureira dona Formosa me costurasse um vestido, isso eu aceitei deveras contente, ia ficar mais arrumada para o dia que encontrasse Antonio e não ia mais precisar correr a me esconder dele só porque estava me achando malvestida e feia, assim foi que dona Formosa me costurou um vestido tirado de um *Almanaque popular*, de cassa fina, com um babado de renda, o regaço preso com um laço de fita, mimoso e belo qual viçosa fresca rosa.

82

Noivado da defunta

Veio abaixo a velha prataria, desceram as louças, a toalha de linho bordada, as porcelanas chinesas, tudo o que estava trancado no armário desde a morte de mamãe, ingredientes finos como temperos, maçãs ou passas de uvas secas das casas de comércio da capital foram encomendados ao mestre da barcaça, vieram duas tias para ajudar, irmãs de Natalícia — dentre as catorze irmãs, minhas tias —, e a casa foi limpa, areada, lustrada, polida, as cortinas lavadas, as cobertas dos estofados retiradas, as jarras com aquelas flores brancas... eu não ajudava em nada, só olhava desconsolada, tudo aquilo só me dava vontade de chorar. Na data marcada, ao anoitecer no quarto vesti o vestido novo, soltei os cabelos, não sabia o que fazer, pintei o rosto de alvaiade e os lábios de carmim, olhando-me no espelho a buscar dentro de minh'alma aquela que eu era, Natalícia veio trançar meus cabelos e me viu com aquele rosto tão pálido, disse que eu estava parecendo uma defunta, eu disse que era isso mesmo, tinha acabado de morrer e ela estava vendo o meu defunto, Natalícia disse que eu deixasse de tolice, trançou os meus cabelos, elevou-os, prendeu-os, disse que eu nem pensasse em girar até cair no chão pois eu já não era mais uma menina tola, e saiu, deixando-me a sós comigo mesma e meus dilemas, sen-

ti-me presa naquele vestido simples, com os cabelos arrumados de maneira tão austera, apertados, como eu iria conquistar
Antonio? nem mesmo toda arrumada e de carmim eu me sentia sedutora.

Presente estendido

Tranquei a porta do quarto, girei, girei até ficar tonta e caí no chão, Natalícia bateu à porta, eu disse que não ia comparecer ao jantar, que jantassem eles os caçadores de sabiás a planejar suas armadilhas, o professor bateu palmas à porta de casa na hora marcada, sentou-se na sala com papai, e eu ouvia a voz de papai enquanto Natalícia batia à porta de meu quarto e me mandava sair dali, eram ordens de papai e eu lhe devia obediência, durante algum tempo ouvi as vozes dos dois homens na sala, e a de Natalícia tentando me convencer a ir para a sala, o professor Adelino estava de roupa nova, eu deveria ir olhar, havia trazido um embrulho de presente, com um barbante dourado, eu deveria me interessar, e acabei abrindo a porta, curiosa de espiar a roupa nova do professor, saber que presente ele havia escolhido para mim. Quando entrei na sala, toda de vestido novo e rosto pintado, ele levantou da rede, ficou parado a arfar, olhando meu rosto, nem pestanejava, com o embrulho na mão, sem saber o que pensar, o que fazer. Sua roupa era elegante, ele parecia um daqueles negociantes de algodão que vinham do Rio de Janeiro ou do porto do Recife em suas casacas pretas de lã e torravam ao sol de Caxias, papai me mandou cumprimentar o professor, cumprimentei-o sem lhe dar a mão, depois de um grande embaraço ele me estendeu o presente, sem dizer nada, e abaixou os olhos.

Galantemente encadernado

Abri o embrulho, que me pareceu de um livro, o mais próprio seria um anel, eu aceitava um colar, um bracelete, uma flor de seda, uma coisa sugestiva, um xale de pano macio, um véu de renda para a igreja, mas estava ali algo que me pareceu a princípio um livro, e depois de abrir o embrulho vi que se tratava de um álbum num estojo oblongo de marroquim, galantemente encadernado com a capa em couro e dourados gravados sobre meu nome, Feliciana — os álbuns estavam tão em voga! e na primeira página vinha escrito com a letra tímida do professor: *Me dolor angit, me cruciatus opprimit, Mihi pallida facies animo amaritudinem pingit, Os meum Omnipotentem voca, turbaque plaudet, Et miserum me videns morsu cruento petit?* Mas que diabos queria dizer isso? Não entendi nada, quem diabos hoje lê latim? Eu falei então ao professor que preferia que fosse em português a sua dedicatória, papai mandou-me pedir desculpa ao professor pela desfeita, e eu disse, Papai mandou-me pedir desculpa pela desfeita então eu obedeço e peço desculpa, papai ficou vermelho de raiva, mandou-me entrar no quarto, suspendeu o jantar, despediu-se do professor e disse que era melhor para ele buscar outra noiva que o merecesse, deu-me de castigo no quarto dois bolos de palmatória em cada mão, deu ordem para que as louças e pratarias todas voltassem ao armário, a toalha e os guardanapos ao baú.

Ficções do ideal

Partida

Foi nesse tempo que seu João Manuel decidiu levar Antonio para Coimbra, onde deveria completar seus estudos e livrar-se do provincianismo, das coisas pequenas, da vida deslembrada, da acre amargura em seu coração cinzento, das represas em seu estudo, e até mesmo de um casamento inferior. Era sonho de Antonio ir para Coimbra, sonho dourado e constante de seus devaneios, disse-me Maria Luíza, e lá se foi Antonio feliz a despedir-se de todos na comarca, de seus amigos, de desconhecidos, até de inimigos e malquerentes, orgulhoso como sempre, sem jamais se curvar a ninguém, nem haver ficado de pior partido nas polêmicas. Nem todos o recebiam, uns o deixavam a esperar à porta, outros achavam que a visita de despedida era uma afronta a quem ficava, a quem não podia mandar os filhos aos estudos, Antonio era tão mais infeliz do que toda aquela gente que o cercava, mais infeliz do que eu, do que papai, do que as moças que o desprezavam, do que o professor Adelino, do que seu pai, do que dona Adelaide, mais infeliz que o professor Sabino, os beleguins e escrivães, que o juiz de direito da comarca, o doutor Gregório, o padre, até mesmo mais infeliz que o presidente da província, por que o invejavam tanto? aquele rapazinho magro e miúdo, tão simples de maneiras, amigo de rir, franco e chistoso, era acima do estalão comum da pequena Caxias.

O sonho de partir

Antonio com o saco de viagem às costas e uma valise na mão caminhou ao lado de seu João Manuel no rumo do cais para tomar uma barcaça e descer o Itapicuru até São Luís, de onde ia embarcar para Lisboa, feliz, como que realizando o maior de seus sonhos, vi Antonio passar na rua, eu estava na frente da minha casa, ele não me olhou nem mesmo de relance, passou com os olhos longos que não sabiam verter suas torrentes, como se já estivesse em Coimbra, e seguiu, a cabeça erguida, o chapéu preto, o capote de rapaz provinciano feito numa lã rústica, suas costas estreitas carregando o sonho e as decepções de todos os dias, todos os instantes, os desejos obscuros, renascentes, indizíveis e nunca satisfeitos, que às vezes o deixavam sem força, sem coragem e se reproduziam em pálidos reflexos do que ele sentia, e o forçavam a procurar um alívio, uma distração, a esquecer-se da realidade com as ficções do ideal, como ele mesmo disse a Alexandre Teófilo na sua dedicatória em os *Últimos cantos*, e eu simplesmente a chorar em silêncio, Antonio foi ficando indistinto na poeira até que desapareceu no fim da rua, dobrando uma esquina, eu o segui, vi-o tomar a barcaça e ser levado pelas curvas do rio.

O fim do mundo

Sobrei, desolada, numa lenta agonia, como se o mundo fosse terminar, o que seria daquela comarca erma, solitária ao pé do monte, sem a presença de Antonio? o que seria de mim? Tive a impressão de haver perdido tudo, Caxias esvaziou-se de repente, as ruas ficaram desertas, as montanhas mais longínquas, indefiníveis, o céu mais árido, as nuvens mais esgarçadas, eu tinha a impressão de que as matas estavam secas e as flores amarelas do pau-d'arco, pálidas. Partiu Antonio e disse adeus a sua infância, aos sítios que amou, aos rostos caros que já no berço conhecera, adeus ao sabiá que em moita de jasmim oculto derramava merencórias canções nos mansos ares, e que lhe arrancava aos olhos doces lágrimas, adeus para quase sempre, adeus, adeus aos olhos de Joana e a seus lábios mimosos, às ilusões douradas, às dores cruas da existência, aos espinhos pontiagudos da verdade, do passado, adeus às cores e às magias da natureza de sua terra, adeus aos sabiás e às palmeiras, às estradas e aos viandantes, adeus aos seus restos desprezados e às suas melancólicas incertezas, ao leito de Procusto, ao papel de embrulho, ao feijão-verde, ao livro de escritura, à poeira do armazém, ao raio de luz, à esquina de sua casa, adeus às tempestades valentes sobre os morros, adeus aos seus fados, aos amores de essência divina, às puras e castas donzelas medrosas, aos vagos fantasmas de seres, às luzes remotas da capela, ao círio apagado da igreja, aos céus do Brasil, às mil flores e mil aves em seus gorjeios, adeus às ânsias que Antonio não provou, aos lábios mimosos, ao bafejo da aurora, a sua vida entre delícias, às carícias dum seio, ao corpo que declinou, à alma que não viu, Antonio partiu, para bem ser. *Taujê*. Está feito. Adeus.

Uma lágrima desfeita

Das janelas abertas todo mundo me olhava com feição de zombaria, corri para dentro de casa, entrei no meu quarto, girei até ficar tonta mas não caí no chão, fiquei encostada na parede olhando a janela girar, quando passou a tonteira abri o baú de roupas e retirei de lá do fundo o papel de embrulho escondido no meio dos lençóis e fronhas, reli palavra por palavra o poema que ainda sabia de cor, linha por linha, beijei o papel, tentei reencontrar as promessas de amor, mas os versos me diziam uma verdade a qual eu não me sentia disposta a compreender e que poucas vezes aceitei: que seus olhos ardiam em fogo ao ver meus verdes olhos, verdes olhos como uma verde mata que escondia seus perigos, ardiam seus olhos em "fogo de palha", oh essa expressão — *fogo de palha* —, a presença dessas palavras ali trazia uma sugestão cruel, fogo dum instante, grama tão leve e combustível, uma visão fugaz, um entusiasmo que logo se esfria, castelo nas nuvens, um sussurro no leque da palmeira. Um detalhe. Momento de inspiração, esquecimento. Lágrima desfeita. Uma desilusão, um talismã quebrado, desengano, amor só de um dia, como uma flor cortada? Eu buscava firmeza qual em ondas de areia movediça, lia, relia, que insensata! as palavras faladas podem nos enganar, até as palavras silenciadas, mas não as palavras escritas.

Imitação de uma poesia javanesa

Mas ali estava o poema e minha tristeza melhorou. Mais uns dias e dias e voltei a ter apetite, a tez perdeu a palidez, as olheiras desapareceram, quando dei por mim estava a cantarolar na cozinha descascando macaxeira e ralando milho, e só chorava quando cortava cebola, portanto Natalícia logo se aquietou de sua preocupação, mas por dentro eu estava ferida, abatida, abandonada, murcha, enamorada, desalentada, escarnecida, fria, lira quebrada, morta. Minha casa era cheia de espelhos, porque mamãe gostava de espelhos, era sua maior vaidade pentear os cabelos muito bem penteados, e olhei meu rosto no espelho do toucador de mamãe, meus olhos amargamente quase verdes, os lábios grossos que me envergonhavam, meus cabelos de gaforinha, minha língua vermelha, meu queixinho pontudo. Eu até gostava de mim, não era tão feia assim, tinha um admirador persistente que eu não merecia, e não podia compreender por que Antonio nunca olhava para meu lado, como se eu fosse um vazio no ar. Natalícia suspeitava de que havia algo errado em mim, mas eu sorria tanto e tão alegre parecia que ela se conformava com o mistério do nada em lugar algum em dia incerto, tonta e assim os dias foram passando sobre a minha tristeza secreta.

Fadário

Poucos dias depois ouvi os chamados de Natalícia e fui olhar o que acontecia, Oh chufas contra os mistérios! O inseto sempre volta à luz que o queima: na mesma rua pela qual se fora Antonio voltava, a pé, com o saco e a valise, arrasado por um peso enorme, mesmo com tanto sol ele tinha o chapéu contra o peito, e logo fiquei sabendo o que se passara: seu pai morrera em São Luís, e Antonio voltava para Caxias. Passou diante de minha casa sem me olhar, entrou na casa da madrasta, esperei que dona Adelaide desse um grito ao saber da morte do marido, mas a casa ficou em silêncio, nenhuma janela se moveu, ninguém apareceu à porta, ninguém foi atender aos vizinhos que se aproximavam curiosos. Um pouco mais tarde chegou o agente funerário demonstrando sua respeitosa comoção, parou na frente da casa uma carreta com o defunto, e as malas da viagem que retornavam, os portais da casa se cobriram de veludo preto, no fim da tarde chegaram as beatas todas vestidas de preto e cobertas de véus pretos, descalças e já gemendo, o assistente do agente funerário com sua fita métrica foi medir o tamanho do morto para fins de um caixão de tamanho apropriado, levaram o caixão para dentro da casa, e o movimento do velório começou, imerso em ebúrnea melancolia.

Olhos flutuantes

Nas ruas de Caxias não se falava em outra cousa, na barbearia, na câmara, na praça, na saída da missa, pobre de seu João Manuel, pobre de seu filho estudioso, tão jovem e repleto de ânimo, pobre família, tantas contrariedades! os convidados foram chegando vestidos com roupas pretas, não fui convidada mas entrei na fila com meu vestido preto e meu xale de renda preta, os cabelos mais bem-arrumados de minha vida, até mesmo um pouco de pó no rosto e carmim nos lábios de forma que não se percebesse minha intenção, só estava ali para cevar o luxo asiático dos olhos de Antonio, dona Adelaide toda de preto parecia até mais nova e nem um pouco abatida, estava forte e comandava o café, os docinhos, as bandejas de salgados, meu peito quase se partiu quando vi Antonio tão perto, ele usava uma fita preta amarrada no braço sobre a camisa branca e tinha no colo a irmã pequena, Joana, ele destacava-se de todas as outras pessoas iluminado por meus olhos. Não tive coragem de cumprimentá-lo, fiquei esperando que ele me visse e com os olhos me encorajasse a me aproximar, mas ele passou as vistas por cima de mim sem me ver, acabei ficando ali parada o tempo inteiro, ofegante de medo, ânsia, amor, o padre e o sacristão vieram benzer o corpo de seu João Manuel, encomendar a alma, jogaram água benta, o caixão foi fechado, bateram pregos, um barulho horroroso. Antonio tinha de catorze para quinze anos.

A triste desdita

Antonio era confortado pelos braços da irmã Joana que contornavam seu pescoço, a irmã ainda pequena e ingênua para conhecer a dor da perda do pai, Antonio tinha o rosto transtornado, e as vestes lutuosas que trajava, o mudo, amargo pranto que vertia, anúncio triste foi duma desdita, como ele escreveu numa composição para a irmã Joana, anos depois, sobre a dor que ele sentia e ela jamais sentiria, pois os seus ternos anos a pouparam dessa dor que não tem nome, *De quando sobre as bordas dum sepulcro anseia um filho, e nas feições queridas dum pai, dum conselheiro, dum amigo, o selo eterno vai gravando a morte!* Antonio escutou as últimas palavras do pai repassando de dor — junto ao leito — de joelhos — em lágrimas banhado — recebeu os últimos suspiros do pai e a luz funérea — e triste — que lançaram aqueles olhos turvos ao partir da vida, de pálido clarão cobriu seu rosto, no seu amargo pranto refletindo o cansado porvir que o aguardava. Pobre Antonio, assistir à morte do próprio pai, ouvir seu último suspiro... Os dois sozinhos, em cidade estranha — ou quase estranha — a morte de um pai, a morte dum sonho caído em negro abismo, sem jamais saber esconder no peito os tormentos, abundantes lágrimas gotejando num rosto belo, enquanto eu sorria por dentro, a deslizar por entre as roupas aveludadas da tristeza.

O enterro de seu João Manuel

O caixão fechado foi levado até o coche fúnebre, uma carreta preta enfeitada com arcos de madeira, flores aplicadas em ramos de palmeira, chicotearam os cavalos e levaram seu João Manuel pela rua até o cemitério, seguido de um cortejo escuro e triste. Assisti de longe ao enterro espiando tudo, mas sem desgrudar minhas vistas de Antonio que estava arrasado, com os olhos no chão, sem consolo como se tivesse perdido tudo em sua vida, em profundo silêncio, agora de sobrecasaca preta, e vi uma mulher mestiça até bonita, a chorar, meio encoberta, pensei se não era a tal da negra mãe de Antonio, parecia ser porque seu pranto era tão dorido quanto o rosto de Antonio. Natalícia disse que a família estava pagando o desregramento do pai, essa mania de os portugueses terem suas negras por detrás das brancas! então seu João Manuel foi enterrado. Antonio voltou a andar nas ruas como um cálix de flor pendida e murcha, oh eu morrera feliz se pudesse enxertar uma esperança naquela alma turva, se pudesse fazer surgir em seus lábios um sorriso leve que fosse, fiquei tão alegre com a volta de Antonio quanto me sentia culpada pela morte de seu pai, como se *eu* a tivesse causado apenas a fim de que Antonio não embarcasse para Portugal. Perfumando os ventos com meus sorrisos, libando todas as flores dos jarros, enlevada num paraíso de amores...

O capitalista

Mas minha alegria durou pouco, percebi uma movimentação na porta da casa de dona Adelaide, ali parou um homem a cavalo, desmontou, entrou, e reconheci o ferreiro Bernardo, capitalista, dono da casa onde moravam Antonio e a família do falecido seu João Manuel. O ferreiro ficou um tempo de conversa com a família, depois saiu, e aquilo não era nada, uma simples visita, cobrança, mas deixou-me com um pressentimento, e tinha meu coração suas razões. No dia 13 de maio de 38 Antonio partiu de novo, e deveras, para São Luís, acompanhando o ferreiro Bernardo, o capitalista. O ferreiro ia para Figueira da Foz e aceitou acompanhar Antonio até Coimbra, onde ele foi cursar a universidade, assim caí de novo na minha tristeza, no meu vazio, mas minha vida nunca perdeu o sentido porque o sentido da minha vida era esperar a volta de Antonio, ouvir o sabiá na palmeira, ficar imaginando como Antonio vivia em Coimbra, devia ser estudando e rezando porque me disseram que se hospedou na casa de um padre, e na casa de um padre estava longe das mulheres.

Primeiros decassílabos brancos

Quando eu disse a Maria Luíza que os primeiros versos de Antonio foram escritos para os meus olhos, em 36, Maria Luíza disse-me que o primeiro poema de Antonio foi escrito em Coimbra, em 41, depois que Antonio foi aprovado nos cursos preparatórios e não morava mais no Palácio Confusos, mas na rua do Correio, com os amigos que o amparavam: Alexandre Teófilo, João Duarte Lisboa, Joaquim Pereira Lapa, maranhenses, e um fluminense de quem esqueci o nome, que davam a Antonio casa e bolsa, Antonio não se limitava a estudar até adormecer sobre o livro aberto, ele devorava também os livros dos escritores franceses, dos portugueses, estudava a literatura inglesa e inspirava-se com as poesias que lia. Disse Maria Luíza que a primeira poesia que Antonio escreveu foi dedicada à coroação do imperador, uma composição sem validade, e que ele a recitou num festejo organizado por estudantes brasileiros, um passeio no Mondego, num saveiro enfeitado de flores, depois foram todos jantar na Lapa dos Esteios, no final os estudantes declamaram versos ao imperador, e no meio daqueles febris e embriagados rapazes Antonio levantou-se de sua cadeira e, tímido, declamou os seus primeiros decassílabos brancos, *Entusiasmo ardente me arrebata, Eleva-se o meu estro e a minha lira*, e foi muitíssimo aplaudido.

Furinhos de traça

Mamãe deixou em seu quarto de costura uma coleção enorme de botões de todo tipo, madrepérola, vidro, chifre, osso, tartaruga, e caixas e mais caixas de renda, francesa, de Bruxelas, cearense que vovó e as cunhadas mandavam, de filé, paninhos bordados, pedaços de lençóis, o vestido de casamento de vovó roído de traças, o véu e a grinalda, o meu vestido de primeira comunhão, um guardanapo de linho com um anagrama, fotografias de gente desconhecida, cartas amareladas amarradas com fitas, flores de pano, broches, ali no meio daquelas lembranças de mamãe eu passava o tempo organizando os botões, por exemplo: eu passava um dia inteiro separando os de madrepérola dos de vidro e guardava em potes, noutro dia eu decidia que os botões deviam ser organizados pela antiguidade, separava os velhos dos novos, o mesmo eu fazia com as rendas, num dia arrumava por tipo de trabalho, em outro pela nacionalidade, pela cor, e tinha um espelho grande para experimentar roupa, eu gostava de me vestir com o vestido de noiva de vovó, véu e grinalda — que serviu também para o casamento de mamãe, e se dona Formosa remendasse com bordados os furinhos de traça, fizesse uma boa reforma, poderia ser usado por mim no meu casamento com Antonio, eu ficava vestida de noiva separando botões, rendas, divertindo-me a olhar tantas cousas antigas, os morcegos aos pares pendurados na carnaúba, ou girava na frente do espelho, assim o tempo ia passando sem eu ver.

Flor de poesia

No quarto de costura encontrei uma passagem que dava no telhado de casa, com um tamborete em cima da mesa eu trepava no pau que sustentava as telhas e subia no telheiro pela passagem, trepava no telhado com cuidado, as telhas eram quebradiças, mas quando fazia tempo que não chovia ficavam secas, dava para pisar nelas sem quebrar nenhuma, eu deitava lá nas telhas de vestido de noiva, ficava olhando as nuvens, sempre umas poucas nuvens no céu, nuvens leves indo ao sopro do vento — eu queria que minha vida fosse assim ao sopro do vento — ficava ali murmurando alguma conversa com Antonio — até rindo da minha mania — ou remedando o professor Adelino e Natalícia, Tenham paciência! *Ad hoc ad hoc*, enquanto a vida, como um rio entre flores desliza macio, puro e recendendo aromas, memórias d'outras eras a me travar a mente, num gozo puro e suavíssimo da vida, aquele telhado era a própria vida esvoaçando, mágica ilusão enfeitiçada, a força d'aflição dos seios d'alma, os olhos que chamejam, *sobre a veiga formosa, uma menina travessa e ruidosa, a pele coberta de um pó sutil de rubins e de safiras, um humano serafim*, ali deitada no telhado vestida de noiva até que chegasse a noite à viração abrindo o cálix, lua, a minha rota grinalda, o meu amassado buquê, a minha luva rasgada, a coruja que doudeja, a menina, uma flor de poesia...

A Balaiada

Cara Preta e Balaio

E foi então que veio outra revolta em Caxias, no ano de 38, ou 39, eu creio, uma rebelião popular, uma insurreição de ódio, borrachos facinorosos, chefiada pelo vaqueiro Cara Preta, e o Balaio, e o preto Cosme que tinha sido escravo. Tudo começou na Vila da Manga, não foi em Caxias, para desdizer aqueles que dizem ser a gente de Caxias mais insurgente que os portugueses. Na Vila da Manga, no Iguará, um vaqueiro chamado Raimundo Gomes entrou na cadeia e soltou seu irmão que estava preso inocente, os presos todos escaparam e aquilo virou uma rebelião que se espalhou pelo sertão inteiro, era só o que o povo estava esperando, um motivo para mais uma guerra, porque parece que as águas do Itapicuru são envenenadas com a paixão da política, a religião da minha gente sempre foi olhar as ladroeiras na corte do rei, malhar os tributos, falar da tropa rota e mendiga, dos honorários mesquinhos dos funcionários públicos, do luxo dos capachos, dos ministros que entravam pobres e saíam faustosos como Cressos, dos príncipes sensuais tirando mulheres a seus maridos, enfastiados a ter filhos em todas as classes, até nas freiras "para os fazer sair mais açucarados e delicadinhos", como escrevia um padre numa folha que o professor Adelino mandava trazer do Recife. Essa era a missa rezada todo dia com sermão.

A extravagância das devoções

Cara Preta, Balaio e Cosme levaram os pobres da região a se rebelar contra os fazendeiros, também contra os portugueses brancos. Papai gostou da rebelião, que se chamou de *Balaiada* por causa do Balaio, apelido do Manuel dos Anjos, um cesteiro que fazia balaios bem bonitos de fibras, o Balaio tomou armas e levantou-se contra as forças do governo para vingar-se de um capitão que tirara a pureza da filha do Balaio, e o capitão fizera isso à força, com ameaça de faca no pescoço da moça, dizem, outros dizem que foi a filha do Balaio quem seduziu o capitão e a culpa foi dela, seja como for virou guerra, e como o Manuel dos Anjos era escuro de pele o preto Cosme desceu do quilombo com seus negros e veio aderir ao Balaio, também vieram os caboclos do índio Matroá, que dizia papai ter mais de cem anos e a pele do rosto feito o avesso de uma casca de banana, os lavradores pobres deixavam suas terrinhas e suas famílias e vinham com suas armas, uma faca, um pedaço de pau, para o combate viril, vinham escravos fugidos e os oficiais das mãos, que faziam as panelas ou as gaiolas, ou as canoas e os remos, ou os baús e botas tacheadas, ficou faltando de tudo em Caxias. Eles faziam um monte de exigências mas queriam mesmo era a República, papai não queria a República, porém ficou do lado dos balaios, já que ele detestava os portugueses desde o tempo do coronel Fidié.

108

Governo provisório

Os pobres da Balaiada, com a ajuda de muitos moradores, como papai, dominaram a comarca, foi uma correria, tiro para todo lado, ora aqui, ora acolá, os pobres tomaram casas de pessoas importantes que fugiram de suas fazendas para outras, queimaram casas de fazendeiros os mais ricos, fizeram um "governo provisório" para o Brasil, o Cosme passou a chamar-se dom Cosme Bento das Chagas, Tutor e Imperador das Liberdades Bem-te-vis, mandaram por escrito ao imperador suas exigências: além de anistia para os rebeldes queriam acabar com a Guarda Nacional, e que todos os portugueses fossem expulsos do Brasil. Eu gostava dos balaios, dos pobres, tinha dó dos escravos e dos índios, mas tinha dó também dos portugueses, pensava no seu João Manuel, tinha sido um bom homem, não ia merecer tamanho sofrimento, humilhação mais uma vez, mas vieram os legalistas comandados por um coronel para fazer o desbarato da sedição, com seus homens muito bem armados, treinados, brilhando de botões de lata dourada e seus penachos, empoeirados, sujos, rasgados, cansados, vieram do Pará, Piauí, Ceará, da Paraíba, de Pernambuco, Alagoas e Bahia, e mais o brigadeiro Falcão comandando uma das colunas dos exércitos imperiais, vieram em barcaças e por terra a cavalo, com as botas cheias de lama dos pântanos, e só o chegar até aqui já foi uma vitória.

Viúva de português

Mataram o Balaio, mataram o Cara Preta, atacaram a comarca, as fazendas em torno, as casinhas simples dos pobres, deram tiro de canhão na igreja, afinal mataram dom Cosme no combate em Mearim, enforcaram o bem-te-vi na maior crueldade do mundo, porque quando um preto faz sedição o castigo é mais refinado, deixaram o corpo dependurado e os caracarás vinham do mato bicar seus olhos. A casa de dona Adelaide na rua do Cisco fechou de tantos prejuízos, os balaios sabiam que ela era viúva de português, tiro na porta, balcão quebrado, o livro de escrituração rasgado, os sacos de mantimento rasgados, feijão-verde para todo lado, milho espalhado, uma sujeira horrível, e ameaçaram atear fogo na casa, dona Adelaide sofreu muito, pobre viúva com crianças para cuidar, mais um meio-filho para sustentar em Coimbra, e quando seu dinheiro acabou dona Adelaide escreveu uma carta para Antonio, mandou-o deixar os estudos, recolher-se à casa do ferreiro Bernardo em Figueira da Foz e preparar-se para voltar, fiquei feliz por um lado, mas triste por outro, pois Antonio precisava terminar seus estudos. Antonio escreveu uma carta para dona Adelaide exigindo que continuasse a lhe mandar recursos a fim de custear seus estudos, foi aí que, dizem, dona Adelaide disse a frase mais horrível, que deve ter doído tanto no coração de Antonio.

Uma frase horrível

A frase era que dona Adelaide "não ia prejudicar os filhos do casal para custear os estudos de um bastardo", sem considerar que fosse irmão de seus filhos, um rapaz estudioso, promissor, que estava se destacando no estudo das letras clássicas, na retórica, na filosofia, até mesmo na matemática, e a situação de Antonio ficou triste quando começaram as aulas na universidade em outubro, então Alexandre Teófilo entrou na vida de Antonio e ofereceu para morarem juntos, e mais dois amigos de quem não lembro agora o nome, no colégio dos Loios, isso foi em 39, ainda havia por aqui a Balaiada, acho que foi antes da morte de Balaio e Cara Preta, não lembro bem, sei que um dia dona Adelaide falou essa frase, Maria Luíza me garantiu que é mentira, mas em Caxias todo mundo jura que é verdade, que dona Adelaide teria dito a frase horrível e eu acho que ela era bem capaz de dizer algo assim, ela não podia pagar os estudos de Antonio em Coimbra depois dos prejuízos da Balaiada, e mandou dizer que ele voltasse ao Brasil, Antonio enviou uma carta muito ríspida para dona Adelaide exigindo o envio de uma quantia para seus estudos, e ela simplesmente nem respondeu.

Viração de uma noite de luar

Alguém contou para Antonio o que dissera dona Adelaide e aprofundou a mágoa entre os dois, ela nem mesmo mandava dinheiro para ele passar as férias no Brasil, vinham seus amigos brasileiros todos, vinha o Alexandre Teófilo e ficava Antonio sozinho em Coimbra a desfrutar a aragem pura que descia da serra da Estrela e os ares mais doces que vinham do oeste embalsamados com o aroma das flores dos seus campos, ou em Lisboa sentindo-se um proscrito, ruminando seus versos de saudade, a passear cabisbaixo pelo cais, a desfrutar a viração de uma noite de luar depois de um dia abafado, a embarcar numa falua para correr o mar até ao amanhecer, Antonio só continuou a estudar em Coimbra porque Alexandre Teófilo e outros amigos seus, maranhenses ou não maranhenses, juntaram-se para lhe custear casa e bolsa, imagino o que isso deve ter magoado a Antonio, ele sempre foi o orgulhoso filho de seu João Manuel, seu João Manuel também era orgulhoso, altivo, com seu bigodão, ríspido, severo, calado, Antonio teve a quem puxar, Antonio era muito orgulhoso e teve de se rebaixar, devia estar entendendo que ali em Coimbra educava-se num meio mais avançado, livrava-se do provincianismo lamuriento de Caxias, criava asas para voar longe de dona Adelaide e daquela aldeia

DIAS & DIAS

de proscritos. Antonio era o ausente, ele partia e eu ficava, ele sempre viveu uma eterna partida, em estado de viagem, um pássaro migrador, e eu sempre parada no mesmo lugar feito uma palmeira, e ele, o sabiá que apenas pousa um instante.

As leis da fantasia

Antonio era um dos filhos da alma lusa de Caxias, sempre sonhara estudar em Coimbra — sonho dourado — e quando desapareceu nas brumas eu não tinha notícias suas, imaginava-o numa sala escura debruçado nos livros, escrevendo, lendo, discutindo, decorando, mas anos depois li as cartas que ele escreveu a Alexandre Teófilo, ele falava que não queria abreviar a vida com dores e lamentos, aprendia a dançar, ia aos teatros, até apaixonou-se por uma italiana cantora de ópera, Violeta Gazzeroli, embriagado por sua voz encantadora como uma harpa celeste e maviosa de um arcanjo, ele ficou animado, entusiasmado, ouvia até no vento sua voz, e foi aprender a falar italiano para entendê-la melhor, um ardente caso de amor entre roxas flores aveludadas, e ela teve seu amor como colar d'alvo marfim que orna o colo, não lembro se ele fala isso na carta, acho que não, Antonio vivia cercado de amigos, mas era muito só. Quando sentia melancolia passeava sozinho pelas ruas desertas e silenciosas da cidade, ao luar, respirando a viração noturna, ou então embarcava em uma falua a correr o mar, a contemplar as luzes refletidas n'água, a lua, a olhar os navios como se quisesse partir, isso ele escreveu numa carta a Alexandre Teófilo, sentia-se um estrangeiro, um proscrito, onde quer que fosse, o meu sabiazinho criado em gaiola e solto no mundo cruel.

114

DIAS & DIAS

Acendi uma vela a santo Antônio e ajoelhei-me todos os dias aos seus pés para nunca esquecer Antonio, para ele voltar, e quando ele voltou em 45 eu lembrava de tudo, até de seu modo de caminhar, do lado que costumava repartir os cabelos, mas lembro de haver percebido uma grande mudança em Antonio quando ele retornou, desde suas roupas até seus modos, os cabelos repartidos para o outro lado. O meu amor era o mesmo, quiçá maior.

Xícara de chá inglês

Todo mundo reparava nos modos de Antonio, naquele figurino português, diziam que as suas calças estavam tão ajustadas às pernas que só se podiam distinguir da pele pela cor, e os braços da casaca tão apertados que faziam lembrar uma xícara de chá inglês, os sapatos tão engraxados pareciam um espelho d'água, a guedelha de cabelos feito os de um leão virados para uma banda só, anelados como se houvesse ido a um cabeleireiro de senhoras que lhe tivesse feito um penteado com um bolo de casamento, e acendia seu charuto no meio da rua, fumava em público, bebia em público. Sem colete! Agora só falta andar em mangas de camisa. Tenham paciência! dizia Natalícia, Um sujeito amuado como o rei do mundo, Espetado e comprimido, Numa impostura... Tenham dó! A palestrar e papear com um ar tão autoritativo, como se fosse um oráculo da opinião pública, E a beber cerveja no Riacho da Ponte, E a tomar cálices de genebra na câmara, e a prosear com os bacharéis, em sua nova etiqueta lusitana. Pobre do meu Antonio na língua dessa gente a julgar suas particularidades e até mesmo seus segredos familiares, Será que ele vai visitar a negra? Será que não vai visitar a negra? Será que fica ou não fica neste lugarzinho tão abafado de calma? Será que vai ou não vai parar com essas andanças desgraçadas? Tão mudado...

A verdadeira exilada

Eu não mudara em nada, quando Antonio voltou eu era a mesma de sempre, usava a mesma roupa, as mesmas tranças, sandálias, tinha as mesmas fantasias, o mesmo amor, enquanto ele estava longe, dançando nos bailes, apaixonando-se pelas raparigas das pensões e das óperas, escrevendo seus versos de amor e solidão e exílio, em Caxias a minha vida escoara lenta na comarca morna e pesada, era eu a verdadeira exilada, a verdadeira proscrita, a verdadeira solitária, o que seria de mim sem o professor Adelino? recebia todas as noites a visita do professor, ficávamos em silêncio todo o tempo, cabisbaixos, sem olhar um para o outro, mas um reconfortava o outro, dois desesperançados, eu dizia a Natalícia que não ia casar com o professor Adelino e que se não casasse com Antonio nunca ia casar com ninguém mais e ia entrar num convento, e Natalícia dizia que o professor Adelino não era femeeiro como certos poetas mesmo sabendo que tinha boas pretendentes, pois recebera aquela herança toda do pai que havia morrido novo, e do tio, eu o olhava na sala: bons traços no rosto, os olhos cintilantes e apaixonados, mas ele cheirava a giz e me fazia espirrar, e tinha sempre a mesma expressão no rosto, um leve franzir do cenho, eu o comparava a Antonio, Antonio era tão móvel e repleto de estados de espírito, de expressões diferentes no rosto, no corpo, tão variado de gestos e palavras!

Flor do bandolim

Com a volta de Antonio o professor Adelino passou a usar de outro expediente para me cortejar, aprendeu a tocar bandolim, comprou um precioso instrumento a uma viúva, de seu falecido marido que fora músico de uma orquestra da capital, um bandolim trabalhado em pedacinhos de madeira com partes em madrepérola, fitas coloridas dependuradas nas cravelhas, o professor trazia seu bandolim quando vinha me visitar, tirava-o da caixa e dedilhava encantadoramente uma canção, sempre a mesma, triste, prolongada, melodiosa, escorregadia, lembrava a primavera e o canto dos sabiás nas gaiolas que me despertava todas as manhãs, eu ouvia o bandolim, gostava da canção, ficava em suspenso, Natalícia sonhava ouvindo as notas que iam visitá-la na cozinha, e parava de trabalhar, era só o que a fazia parar por um instante, ela fechava os olhos, voava para algum lugar em sua mente, e seus olhos quando se abriam brilhavam marejados de amor, um amor como o cálice de flor pendida, murcha e já sem força, aquela humilde flor tão cheirosa, tão velha e amorosa, e depois da música terminada ela vinha à sala oferecer café ao professor, como que para agradecer, e trazia um sorriso nos olhos. Quase dei o braço a torcer, com essa história de bandolim.

O nobre Fidié

Sei que papai não me permitiria casar com um filho de português, creio até que ele me perdoava de casar com o filho de uma negra, mas nunca o filho de um português, ainda mais o seu João Manuel que lutou pelo coronel Fidié, Antonio chegou a escrever numa ode a Caxias no aniversário de sua independência, em 1º de agosto, que Caxias era *antemural do arrojo lusitano, seu último abrigo, feros soldados, veteranas coortes nos montes cravavam bíblicas tendas*, e escreveu estas palavras, sem nenhuma hesitação: Um *guerreiro*, O *nobre* Fidié! Que a antiga espada do *valor* português empunhava ardido, no seu mando as retinha, debalde, ó *forte*! Papai teve um ataque apoplético quando soube dessa composição, mandada por um tio meu, um capitão reformado que também sempre se opôs aos portugueses e em especial àqueles que lutaram a favor de Fidié, sim, fora belo arriscar a existência em pró da pátria, mas a pátria era o Brasil e não Portugal, porque aqueles portugueses viviam aqui no Brasil e deveriam amar a terra onde viviam, que lhes dava o sustento, mas os portugueses só compreendiam a fala do canhão, o ribombar do ferro, as fráguas cruas de morte, o horror da guerra, e se Fidié foi vencido, no entanto deixou em Caxias seus seguidores lusos e sua alma portuguesa triste de tanta melancolia.

Canto faqueiro

Antonio voltou a morar na casa de dona Adelaide, imagino em que estado de espírito os dois se reencontraram, ainda pairava no ar o ódio da Balaiada e estavam bem acesas as contradições entre cabanos e bem-te-vis, e ele deve ter sentido na pele a hostilidade, mas Antonio estava feliz de retornar, rever sua irmã Joana, seus amigos, as palmeiras, a lua equilibrada no silêncio da noite adormecida, eu passava o dia a espreitar as frestas das janelas, tinha sempre um motivo para ir à rua na esperança de o encontrar, eu ia às compras e comprava um mínimo para precisar voltar à venda, ia até a rua do Cisco fazer compra na casa de comércio de dona Adelaide, mas não encontrava nem dona Adelaide e nem Antonio, via-o às vezes na rua, tão mudado, de roupa elegante, mais preta, mais macia talvez, a capa de estudante de Coimbra já bastava, todos acompanhavam com o olhar a sua caminhada pela rua, ele escandalizava a comarca quando tirava do bolso um charuto e o acendia, fumava na rua seu charuto e bebia cerveja no Riacho da Ponte, era horrível beber e fumar em público, hoje as cousas mudaram um pouco e muitos rapazes fumam charuto e bebem cerveja em público, não chega a ser natural, porém não é mais tão feio, Antonio voltou para ser o centro das atenções daquela comarca perdida no fim do mundo.

No Teatro Harmonia

No dia 9 de maio fui ao teatro Harmonia espiar Antonio recitar um poema em homenagem à restauração do Rio Grande do Sul, e ao nascimento do herdeiro presuntivo, isso foi ainda em 45, maio de 45, eu tinha vinte e um anos e Antonio tinha portanto vinte e dois anos, *Acorda! Acorda, ó Vate! Eis que a alegria do profundo cismar vem distrair-te*, lembro-me tão bem de seu rosto crispado a declamar, *Nós, Caxienses, nós também sofremos do fraterno lidar o fel amargo provado hemos também*, Antonio voltou mais extrovertido, alegre, espirituoso, mas era o mesmo Antonio de sempre, embora fosse outro, o mesmo menino que escrevia no livro da casa de comércio da rua do Cisco, o mesmo menino que jogava com a palma da mão um volante de palha de milho, e num certo momento no teatro Harmonia ele e eu estávamos na frente um do outro, não sei como, ele tinha acabado a declamação, era cumprimentado por todos, todos queriam falar-lhe, aquela celebridade em capa de estudante trazia ares cosmopolitas e já sabíamos em Caxias que ele seria o maior de todos os nossos poetas, sempre se soube disso em Caxias, embora muitos não admitissem, por ciúmes, ressentimento, inveja, ignorância.

Um olhar inesquecível

Dei a volta numa pilastra para sair daquele lugar, pois Antonio se encontrava muito próximo, quando me dei conta, estava frente a frente com Antonio, e ele me viu, estou certa de que ele me *viu* de verdade naquele dia, ficamos nos olhando um longo tempo em silêncio, inebriados um pelo outro, por uma grande afinidade mútua, como se petrificados, nossas almas se comunicando em silêncio, os olhos arábicos de Antonio escrevendo versos nos olhos quase verdes de Maria Feliciana Ferreira Dantas, filha do tenente Cícero Dantas da Ordenança da vila de Fortaleza, viúvo de dona Aleorina Ferreira Dantas, eu, recebendo em meus redondos olhos de lama seca os olhos de Antonio, sim, negro fumo, minha alma de rojo sobre a terra e meus olhos beijando as fímbrias dos cílios de Antonio, meus olhos murmurando, o círculo da lua, as folhas do bosque, como foi intenso e eterno aquele silêncio entre nós! adivinhei as palavras que se entornavam de seu coração por seus olhos, palavras curiosas a meu respeito, e eu entrando na alma dele como uma viajante extraviada, tudo o que hei sofrido foi pouco diante do que recebi naquele irresistível olhar silencioso que ajuntou todos os pedaços do meu coração. Que importa o fel na taça do absinto?

A mimosa leviana

Soube por Maria Luíza que Antonio conheceu Ana Amélia em 45. Ana Amélia ainda era uma menina de catorze anos e ele se apaixonou, embora ainda fosse uma paixão suave e juvenil ele já pensava em desposá-la, Antonio pensou em desposar Ana Amélia no momento em que a viu pela primeira vez, ele estava necessitado de uma grande paixão impossível, para ser poeta em sua plenitude era preciso algo por que chorar, lamentar-se, desesperar-se, e cantar em versos e prosa sua poesia fugitiva. Além disso, ela era da família de Alexandre Teófilo. Antes de conhecer Ana Amélia, Antonio vivia uma fase de muitos aborrecimentos, estava em nossa aldeiazinha natal e sempre que ficava em Caxias ele se aborrecia com as lembranças de seu passado e com a presença da família, de sua madrasta, de sua pobre mãe negra e seus meio-irmãos. Ele pensava, nesse tempo, em vir a ser advogado em Caxias, quando Alexandre Teófilo convidou-o para ficar em sua casa, em São Luís. Antonio passou cinco meses com Alexandre Teófilo, os mais felizes e despreocupados de toda a sua vida, como ele escreveu numa de suas cartas a Alexandre Teófilo, acho que pela primeira vez Antonio sentiu-se inteiramente aceito dentro de um lar, não era o seu mas de qualquer forma era um lar, gastava o tempo em conversas, sorrisos, a ouvir Maria Luíza tocando piano ou a passear com o amigo ou a cortar rosas no jardim, isso ele não escreveu, mas imagino. Ali Antonio conheceu a prima e cunhada de Teófilo, Ana Amélia Ferreira do Vale, quase mulher, que frequentava a casa junto com suas duas irmãs também novinhas e frescas, imagino-as como uma brisa soprando aos ouvidos de Antonio, inspirando-o. Para Ana Amélia ele escreveu três ou quatro de suas mais belas "poesias fugitivas", chamando a sua amada de leviana.

Poesia fugitiva

És engraçada e formosa como a rosa, como a rosa em mês d'Abril, és como a nuvem doirada, deslizada, deslizada em céus d'anil, tu és vária e melindrosa qual formosa borboleta num jardim que as flores todas afaga, e divaga em devaneio sem fim, és pura, como uma estrela doce e bela que treme incerta no mar, mostras nos olhos tua alma terna e calma, como a luz d'almo luar, tuas formas tão donosas, tão airosas, formas da terra não são, pareces anjo formoso, vaporoso, vindo da etérea mansão, assim, beijar-te receio, contra o seio eu tremo de te apertar, pois me parece que um beijo é sobejo para o teu corpo quebrar. Esse foi o primeiro poema que Antonio dedicou a Ana Amélia, mais tarde dedicaria outros, ainda mais belos e apaixonados, e encantados, e admirados. Por esse poema eu tive a prova de que ele realmente apaixonou-se por Ana Amélia, não era história de Maria Luíza, e disse Maria Luíza que os homens apreciam as mulheres levianas, mais do que a essas carrancudas feito eu, Ana Amélia também apaixonou-se por ele, ao ler esse poema, tenho certeza disso, como poderia não se apaixonar diante de tais palavras? *Eu tremo de te apertar!* Se isso foi em fevereiro de 46, ele estava então com vinte e dois anos e iria completar vinte e três em 10 de agosto de 46. E eu, vinte e um no dia 19 de agosto, mês do desgosto.

Coxins de seda

Mas por que Antonio se apaixonou por Ana Amélia? Eu já tinha ouvido Maria Luíza falar de Ana Amélia antes de saber da paixão de Antonio, e Ana Amélia não me chamara a atenção nem um pouco, não tinha nada de especial, era apenas uma mocinha de catorze anos que sabia tocar piano, uma prima bem-vestida e educada, da família Ferreira do Vale, da família de Maria Luíza e da família de Alexandre Teófilo, e fazer parte dessa família dava algum valor especial a Ana Amélia aos olhos de Antonio, mas era apenas uma mocinha como tantas outras, nem feia nem bonita, como disse Maria Luíza, meio melindrosa, meio entregue a devaneios, uma Ana Amélia entre tantas Ana Amélias, nenhum destaque, nenhum sinal, nenhum ar abrasado, nenhum arrebatamento, nenhuma tristeza irresistível, e jamais passara pela cabeça de Maria Luíza que Ana Amélia pudesse despertar alguma paixão, tão singela lhe parecia, especialmente no coração de um poeta, tão leviana, tão solta, uma mariposinha de longas asas abrindo-as ao romper d'alva, desbotada e sem cores. Depois que eu soube da paixão de Antonio por Ana Amélia, depois que Maria Luíza me contou, escrevi a Maria Luíza pedindo que me mandasse um retrato de Ana Amélia para que eu tentasse descobrir o que havia nela que tanto encantara Antonio. Maria Luíza disse-me que mandaria um retrato

DIAS & DIAS

de Ana Amélia feito por um retratista francês, mas eu precisaria devolvê-lo logo em seguida. Esperei ansiosa a chegada do correio com o retrato, demorou dias e dias, afinal chegou numa sexta-feira e antes de abrir o envelope vesti-me da melhor maneira que pude, roupas nunca foram o meu forte, eu tinha o dinheiro da herança de mamãe, poderia comprar chapéus enfeitados com flores e plumas, luvas de seda, véus, blusas de renda, uma boa dúzia de baús e caixas, tudo de uma moda apurada nos exemplos internacionais, todavia nada se vendia em Caxias a não ser algodão, chita e uma ou outra peça de tecido mais delicado e precioso, quando vinha um capitalista da capital, houve um tempo em que tentei vestir-me com apuro, esperava os capitalistas virem com suas peças de tecido e corria à casa de comércio, comprava o tecido e o almanaque francês com o desenho do modelo, contratava dona Formosa para costurar o vestido.

Ridícula e malvestida

Embalde, quanto mais eu gastava dinheiro com roupas e mais roupas, flores de pano, sapatos, chapéus, mais eu me sentia ridícula e malvestida, mais distante das elegâncias de *boudoir*, os vestidos que dona Formosa costurava ficavam sem graça e não escondiam a minha verdade interior, meu passado, minha origem, a minha biografia e a minha história, eu achava cintilante a vida de estufa daquelas mulheres que pareciam delicados bibelôs, seus chapéus sugeriam jarrões de flores em ninhos de cegonhas, adorava as mulheres que eu via nos almanaques franceses embora tudo tivesse um vago ar de mentira, admirava aquelas mulheres estendidas dolentes num divã ouvindo os rapazes a contar suas últimas viagens a Paris, não queria ser uma delas mas ao menos ter seus encantos e desgarres, quem sabe assim conquistaria Antonio, quem sabe fora isso o que encantara Antonio ao ver Ana Amélia na casa de Alexandre Teófilo, eu imaginava Ana Amélia embrulhada em rendas dinamarquesas, coberta de plumas, babados, laços de fita, cascatas de drapeados, cabelos opulentos derramando-se pelos ombros alvos, o colo forrado de pedras preciosas de um colar, pingentes nacarados sublinhando as orelhas, portanto foi para mim uma surpresa quando retirei o papel de seda e vi o retrato de Ana Amélia, ao lado de um piano de cauda, duas velas acesas.

A figura

Alva sobre um fundo escuro, Ana Amélia vestia um vestido negro sem enfeite algum, pálida, nacarada como uma estrela que despencasse no céu iluminando-o todo, uma deusa inimitável que se acendesse num teatro penumbroso, e vi o quanto era elegante, bem-educada, havia em cada traço seu uma nobreza que eu jamais teria em mim, pobre de mim, filha de uma família tão singela de militares sem muita instrução que jamais leram livros de poesia, que dormem depois do jantar em vez de fazer sarau de piano, cujos homens azeitam suas armas aos domingos e caçam sabiás em vez de se entreter em conversações numa sala de fumar charuto a citar Horácio, Anacreonte ou o jovem Goethe em sua língua original como faz Antonio e como faz Alexandre Teófilo, Antonio e Alexandre Teófilo são tão eruditos, letrados em muitas línguas, em cinco literaturas estrangeiras, cultivados, lustrados como as mais raras pérolas! e para acompanhar esse fogo literário era preciso ser alguém como Ana Amélia, dotada de uma graça que provém da perfeição, a sentar-se com um porte que determina uma divisão absoluta de casta, por ser de uma alta classe social da capital da província e não uma feito eu, perdida nos corredores da própria casa, oprimida pela timidez, pela reza, pela umidade da sombra, pela força de um amor incontrolável.

Raras pérolas

Porque eu, filha de um tenente do exército, não tenho nenhuma educação, e dentre os nomes dos escritores e poetas que Antonio conhece e cita, e que Alexandre Teófilo também conhece — Chateaubriand, Goethe, Victor Hugo, Ovídio, Metastásio, Turquety, Sainte-Beuve, Dante Alighieri, Zorilla, Ésquilo, Tasso, Fénélon, Camões, Marino Faliero, Virgílio, Schiller, Job, Foscolo, Wieland, Kleist, Lamartine, Byron, L. Halévy, Horácio, Almeida Garrett, santo Agostinho, Caldas, Petrarca, Bocage, Romea, Cesarotti, Filinto, Stello, Heredia, Alexandre de Gusmão, Chénier, Guido y Spano, Shakespeare, Delille, Macedo, Musset, Zárate, Crabbe, Alexandre Herculano, Freire de Serpa, A. Barbier, S. Pierre, H. Heine, Rolli, Lope de Vega, Kosegarten, Uhland, Herder, fray Luis de Léon e outros mais —, conheço apenas santo Agostinho, porque Natalícia me fez ler para que eu me livrasse das tentações. Ana Amélia, ao contrário, devia conhecer muitos, com certeza conhecia ao menos Victor Hugo, ao olhá-la no retrato imaginei-a a conversar, segura, firme, podia-se imaginar que falava com espírito, Alexandre Teófilo a escutaria decerto com interesse verdadeiro, Maria Luíza a ouviria também com franca atenção, e de vez em quando sorririam de algo que Ana Amélia dizia, e Antonio haveria de ficar em suspenso quando a visse entrar na sala do piano.

Os olhos de Ana Amélia

Ana Amélia cobria-se com uma capa negra franjada, simples nas formas, sem adorno algum, tinha os cabelos presos em coque, a boca era ampla indo de quase um extremo a outro de seu maxilar, como um corte, Ana Amélia tinha os lábios finos, bem desenhados, tristes, um rosto redondo e de muita doçura que sugeria a solidão, o silêncio, o prado florido, a selva umbrosa, as mãos delicadas e alvas descansavam sobre o veludo e pareciam expressar a viração de uma tarde amena, o sussurro das águas, os olhos dela eram lindos, mui negros, com a serenidade de um cisne negro, de um lago negro, de um céu negro, mas em movimentos constantes, curiosos, e um vivo luzir. Os olhos de Ana Amélia participavam, comentavam com uma leve expressão matreira, um longo e doce desmaio dos acentos de um profundo sentir, e compreendi o poema fugitivo que ele escrevera a seus olhos negros, olhos *tão negros, tão belos, tão puros, de vivo luzir, estrelas incertas, que as águas dormentes do mar vão ferir; olhos tão negros, tão belos, tão puros, têm meiga expressão, mais doce que a brisa, — mais doce que o nauta de noite cantando, — mais doce que a frauta quebrando a soidão,* esses os olhos de Ana Amélia vistos pelos olhos apaixonados de Antonio, negros, meigos, falam de amor, mas não são puros, talvez o fossem quando Antonio escreveu essa composi-

133

ANA MIRANDA

ção, olhos perdem a pureza muito depressa, basta olhar o mundo, e também no retrato não me parecem apaixonados, parecem até um pouco tristes, desencantados, ela está absorta, em silêncio.

Atração pela melancolia

Ana Amélia, uma jovem intensa, inspirada, suave, cismada, coberta pelo prelúdio de uma infelicidade qualquer, e uma segurança pessoal tão grande... disse Maria Luíza. No camarote do teatro, Ana Amélia jamais se interessava em olhar as pessoas, disse Maria Luíza, concentrava-se no que ocorria no palco, o que denotava sua elevação espiritual, Ana Amélia não usava decote e nem usava joias, nem babados, nem rendas, para seduzir bastavam-lhe seus olhos negros, seu frescor de aurora, seu cálix de pureza e sua nobreza de ossos, Maria Luíza disse-me que falara a meu respeito para Ana Amélia, e que Ana Amélia comentara sobre meu nome, Feliciana, ela disse que gostaria de ter um nome assim, que fosse um prenúncio de felicidade, ou indicativo de alguém feliz, e Maria Luíza riu, porque conhece-me tão bem... mas isso não deixa de ser verdade, embora eu tenha uma atração arrasadora pela melancolia e pela infelicidade, passo dias e dias rindo, girando até cair de tonta, balouçando-me no quintal, catando frutas, cantarolando, zombando do triste amor de Adelino. Sou tão diferente de Ana Amélia! Ela é verdadeiramente triste, verdadeiramente voluptuosa em suas negras asas trágicas, propícia ao que necessita qualquer poeta, o amor impossível perpetua o desejo, o desejo nunca realizado inspira a poesia, Ana Amélia era a negra sombra de uma paixão noturna.

Diferença

Olhei meu rosto no espelho e vi o quanto sou diferente de Ana Amélia, meus lábios grossos e olhos levemente verdes, amendoados, cabelos que parecem mais um capacete, uma gaforinha que inutilmente tento esconder, como se fosse eu a filha de mãe negra, filha de militares e neta de militares sem nenhuma estante de livros em casa, sem livros nas prateleiras ou armários, sem piano na sala, apenas gaiolas de sabiás e toalhas de crochê, clavinas e oratórios, cavalos à porta, botas de couro e faca de mato, um mundo másculo e áspero. Odiei a mim mesma. Odiei a minha família. Odiei Ana Amélia. E amei Ana Amélia. Foi como que eu sentisse por Ana Amélia o mesmo amor que Antonio sentia por ela e tive vontade de chorar, havia perdido Antonio para Ana Amélia, o meu poeta Antonio, mas eu pensava ao mesmo tempo que, se Antonio era capaz de amar tanto assim a Ana Amélia, se algum dia me amasse ele o faria com a mesma intensidade, mesmo que não fosse o verdadeiro amor, porque esse é apenas o primeiro, os outros são um arremedo, então eu aceitava aquele amor como promessa, embora me doesse, embora em alguns instantes me fosse impossível compreender um amor não correspondido, eu acreditava que o amor era um sentimento poderoso, bastava uma pessoa

DIAS & DIAS

apaixonada lançar um olhar ao seu objeto amoroso para seduzi-
-lo e conquistá-lo para sempre, devia ser assim, mas isso não
acontecia jamais, porque a vida, manitô, não tem lógica nenhuma.

Folha instável em ventoso estio

Antonio viveu aqueles cinco felizes meses na casa de Alexandre Teófilo como um passarinho livre, entregando-se cada dia mais ao seu encanto por Ana Amélia. Mas depois daqueles meses o Alexandre Teófilo entrou em casa, olhou Antonio e lhe disse, Tu sabes que tu vais embora para o Rio de Janeiro? Alexandre Teófilo arrumara com o vice-presidente da província uma passagem para Antonio partir no vapor, e no dia 14 de junho de 46 ele partiu *qual folha instável em ventoso estio* a conquistar o mundo, como ele escreveu. Foi para longe de Ana Amélia, e ainda mais longe de mim. Até hoje penso se Alexandre Teófilo queria ver Antonio longe de Ana Amélia. Maria Luíza garante que não. Se não quisesse, não teria arrumado a passagem no *Imperador*. Antonio chegou ao Rio de Janeiro em 7 de julho de 46, orgulhoso fora hospedar-se no melhor e mais caro hotel da cidade, de propriedade de uma senhora francesa de quem disse Antonio ser *ainda fresca como um pé de alface colhido há três dias, porém há três dias mergulhado n'água*, e gastou ali tudo o que tinha e o que não tinha, depois caiu na realidade e mudou-se para um lugar mais modesto. Ele conheceu muitas mulheres no Rio de Janeiro, por suas cartas a Alexandre Teófilo fiquei sabendo, também pelas confidências de Maria Luíza, Antonio ia dançar nos bailes do Tivoli e se apaixonava pelas moças do baile, apaixonou-

DIAS & DIAS

-se por uma judia de olhos rasgados, por uma viuvinha, por uma filha de militares como eu, por u'a moça solteira para quem escreveu motes glosados, e acho que era ela quem mandava os motes, depois, farto de amores platônicos, Antonio tornou-se amante de uma mulher casada e quase foi morto pelo marido que o apanhou com a boca na botija.

Canção do exílio

Nesse tempo – Antonio tinha vinte e três anos e eu, vinte e dois – o professor Adelino chegou a nossa casa com um livro na mão e disse que Antonio – que ele chamava de "o Gonçalves" – havia dado à publicidade aquele volume intitulado *Primeiros cantos*, e recebera bons comentários nas folhas fluminenses. O livro começava pela "Canção do exílio", que me deixou na maior das felicidades, pois mostrava o quanto Antonio tinha recordações de Caxias, uma saudade cheia de lirismo. Achei, aqui dentro de mim, de meu coração, que Antonio tinha escrito a "Canção do exílio" para mim, porque eu sabia remedar igualzinho o gorjeio do sabiá, então quando ele dizia "as aves que aqui gorjeiam não gorjeiam como lá", para mim queria dizer que as mulheres do mundo não eram tão primores a desfrutar como as mulheres daqui, isso eu achava e acho ainda, e quanto ao sabiá, Antonio sabia que papai era um colecionador de sabiás, que tinha os mais belos sabiás das matas. Tudo aquilo escrito quadrava muito bem com o que exprimia, ele no prólogo falava que afastava os olhos da arena política para ler em sua alma, e em sua alma encontrou palmeiras e sabiás, as palmeiras estão aqui, basta eu abrir os olhos e olhar para qualquer lado, eis as palmeiras! E nelas... os sabiás! Um céu cheio de estrelas, mais prazer ele encontra cá.

O canto do piaga

Decorei a composição, depois a seguinte, "O canto do guerreiro", depois decorei "O canto do Piaga", em seguida "O canto do índio", e a composição que fez para nossa comarca, Caxias, *longa vida de amor em longos beijos*, ele nos deixou a todos orgulhosos, o sangue em celeste arroubo, tudo inspirado em nossas terras – depois eu soube que "O gigante de pedra" era uma composição feita para um monte da enseada do Rio de Janeiro, mas as nossas luzes, nossas brisas e nossas nuvens estavam lá, tudo nosso estava na sua poesia, mesmo quando invisível, *Era a lua já morta, Anhangá me vedava sonhar* na floresta do vento batida, no tacape que vibra, a ave medrosa se esconde no céu aos sons do boré, tudo nosso estava lá, no leito de folhas verdes, Manitôs, que prodígios que vi! Estava tudo ali, no nosso vale de flores perenais, na nossa flor que despontava livre, na gleba inculta, mole seda, em I-Juca-Pirama, em Marabá, na canção do tamoio, natalícia, à margem da corrente, na mangueira, Tupã, Tupã, nosso céu azul meigo e brando, Tupã, na Mãe d'Água, nas visões, prodígio, na cruz, no passamento na morte no vate na morte prematura, na mendiga, na escrava, na composição ao doutor João Duarte Lisboa Serra, no desterro de um pobre velho, Anhangá me vedava sonhar, no orgulhoso no cometa no ouro no menino, no pirata, na vila maldita, cidade de Deus, nas quadras de sua vida, recordação e desejo, nos fantasmas, no bardo, nos hinos ao mar, no mesquinho tributo de mesquinha amizade ao Serra, na ideia de Deus, no romper d'alva, na tarde, no templo, no te-déum, no adeus, em todas as suas poesias lá estava ele com saudade de nossa terra, *em cismar, sozinho, à noite, mais prazer encontro eu lá, minha terra tem palmeiras onde canta o sabiá*, que versos tão puros tão meigos tão belos, não cansei de repeti-los, bastava que houvesse escrito esse, para ser o maior dos poetas, e meu outro predileto, que logo decorei, foi o de Caxias: *Quanto és bela, ó Caxias!* — *no deserto, entre montanhas, derramada em vale de flores perenais, és qual tênue vapor que a brisa espalha no frescor da manhã meiga soprando à flor de manso lago...*

Regras de verso e de gramática

O professor Adelino falou sobre o número de sílabas que "o Gonçalves" gostava de usar, das pausas, da rima consoante e da toante, ali havia o segredo da musicalidade de grandes poetas, *nec pluribus impar*, falou da velha tradição da poesia portuguesa, dos árcades e que, embora o Gonçalves violasse as regras do verso e as da gramática, era um poeta dos melhores. Que o Gonçalves tinha o direito de quebrar as regras do verso porque era verdadeiro poeta e o senso natural dos verdadeiros poetas vale mais que todas as regras, sejam da Versificação, sejam da Gramática! Eu o ouvi, fiz-lhe perguntas e nossa conversa aconteceu. Claro, como poderia não acontecer? Ele falava do meu assunto predileto, o Gonçalves, e descobriu que quando falava no poeta, ou em poesia, eu me interessava, ele passou a levar o livro de Antonio para a minha casa, a fazer leituras em voz alta de poemas de Antonio. Embalde o professor Adelino tentava me conquistar com as poesias de Antonio que lia em voz alta, tão emocionado como se ele mesmo as houvesse escrito, ao final tecia comentários sobre a poesia, daí em diante nossos encontros eram para essas leituras, eu sentia algum pudor da situação, mas agradava-me fechar os olhos e imaginar que quem estava ali na minha frente lendo para mim era o autor das composições.

Doudejando por três ou quatro

Disse Maria Luíza que nesse tempo Antonio namorava três, quatro, cinco moças ao mesmo tempo, o que para mim é preferível a namorar apenas uma, namorar três moças ao mesmo tempo é o mesmo que namorar nenhuma, ele devia estar assim para tentar esquecer Ana Amélia, com os olhos abertos para as mulheres do mundo, então eu quis ir para o Rio de Janeiro atrás de Antonio, isso foi em 48, papai poderia ser transferido para o Rio de Janeiro, tanto eu lhe pedi, tanto, tanto, papai reclamava girando pela sala com o chicote batendo na palma da mão e dizendo Mas o que tanto queres ver no Rio de Janeiro, Feliciana, tu nunca gostaste de sair daqui de Caxias, o que tanto queres ver no Rio de Janeiro? Papai nunca cedeu a meu capricho, mesmo sem suspeitar de nada, de que eu ia atrás de Antonio, papai era mais teimoso do que eu, eu ainda era jovem e não tão obstinada, e estava mais obstinada a esperar, havia tempo sobrando em minha vida, continuei em meu estado de espera, imóvel feito uma colina enquanto Antonio vivia como uma nuvem ao sabor do vento, como se fosse morrer no dia seguinte, trocava de mulheres numa vertiginosa velocidade e vivia de hotel em hotel, casa em casa, rua da misericórdia rua da Assembleia rua dos Latoeiros.

Pedido de casamento

Antonio fez amigos e admiradores no Rio de Janeiro, conquistou pessoas importantes, era recebido em qualquer meio, até mesmo do imperador recebeu o afeto e uma túnica de Cavaleiro da Ordem da Rosa que ele, orgulhoso como sempre, declinou porque soube que seu nome fora incluído de última hora na lista de agraciados que já estava pronta quando o imperador o viu sem nenhuma condecoração, Antonio disse que não queria ser confundido com *algum tendeiro ou negreiro, basta que embrulhem aqueles a manteiga e o açúcar com o que escrevo*, parece que o imperador apenas riu, mas eu apreciei bastante esse comentário. Talvez dom Pedro tenha interferido junto ao ministro Costa Carvalho a fim de que Antonio recebesse uma comissão para estudar a instrução pública nas províncias do Norte e para recolher documentos nos arquivos provinciais, isso significava mais um retorno a Caxias e uma passagem por São Luís, ele estava louco por voltar, ávido pelo amor de Ana Amélia, disse Maria Luíza, ele só pensava em rever Ana Amélia, que cinco anos depois havia se transformado numa mulher plena, um raio de alegria ao romper do dia. Em Caxias espalhou-se a novidade de sua chegada, todos o esperávamos, o vereador Trancoso Leal, que também era poeta e desejava ter sua filha casada com um homem de letras, lançou a ideia de uma festa para comemorar a visita de Antonio.

Festa na cidade

Vereadores, cabanos, bem-te-vis prepararam discursos para a sessão na Câmara ao poeta e bacharel, uns apoiando, outros denegrindo o amigo do imperador e cavaleiro da Ordem da Rosa, professor do colégio Pedro II, um vencedor na terra fluminense, jornalista da revista *Guanabara*, comissionado pelo ministro do Império, Costa Carvalho. Depois da sessão matinal haveria uma missa com sermão do padre Demócrito e quermesse no adro, ao entardecer um sarau literário no teatro Harmonia em que os poetas da vila leriam suas composições e versos escritos especialmente para homenagear Antonio, à noite um baile na praça, com a banda dos bombeiros tocando no coreto, quando os casais poderiam dançar sob o luar – seria numa noite de lua cheia, isso eu imaginei – as estrelas do sertão, Antonio e eu dançando ao luar... vi Joana andar na rua a sorrir, em direção à casa de dona Formosa, a costureira. Pedi a Natalícia que lavasse e engomasse meu vestido de renda, aquele mesmo da noite do noivado que não aconteceu, comprei fitas novas para o chapéu, um par de luvas de lã e uma sombrinha de chita, eu cantarolava o dia inteiro, girava a saia, dançava na cozinha, abraçava Natalícia, que balançava a cabeça murmurando, Essa menina não tem juízo... o professor Adelino tornou-se sombrio por algum pressentimento, e eu, senti-me uma flor a renascer.

A ver navios

Mas Antonio não chegou a Caxias, foi para São Luís e de lá partiu para sei lá onde, Pernambuco, Ceará, Bahia e a festa foi adiada, ficamos a ver navios, Antonio deixou-me horrivelmente maçada, deprimida, desalentada, a escutar as pateadas que se dizia contra ele na barbearia, na porta da Câmara, na praça, na farmácia, que a poesia dele era simples demais e qualquer um podia entender, queriam que Antonio engrolasse a língua e arrojasse adiante seus tropeços, eu andava a todo lado só para escutar o que diziam os fuxiqueiros, mexeriqueiros, vadiistas, e saber *quem* defendia Antonio, diziam que ele estava com o imperador na barriga, que esquecera a terra natal, agora vivia no meio de gente que não valia dez réis de cominhos e desde que Alexandre Herculano escrevera na *Revista Universal Lisbonense* que os *Primeiros cantos* são um belo livro, inspirações de um grande poeta, Antonio ficou convencido e enlevado como um pateta, mas se alguém lesse com cuidado as palavras do grande escritor lusitano perceberia mais críticas do que louvores ao poeta ainda pouco amestrado que cometia imperfeições de língua, de metrificação, de estilo! Não vale nada! Um mestiço! Filho espúrio! Metro e meio! Mas que diabo de mal tem feito ele para merecer essas palavras? Ora, versos fracos! E errados! Esperdiça a vida em loucuras! E amores levianos! — e outras palavras que me cortavam as fibras mais íntimas do coração.

Pragas, micuins e miudezas

Antonio foi diretamente para São Luís, distante das pragas, micuins e miudezas quejandas, foi encontrar-se com seu amor, foi rever Ana Amélia, eis aí a questão. Fazia cinco anos que Antonio estava no Rio e nunca, jamais esquecera Ana Amélia, disse Maria Luíza, muito convencida do que falava, e para meu espanto disse Maria Luíza que Ana Amélia também estava apaixonada por Antonio desde o primeiro encontro cinco anos antes, ou ao menos pelas composições poéticas que Antonio fizera em seu louvor, tão vibrantes, ardentes, viris, as armas do arsenal do diabo, *oh ninguém diria a ventura que ali se pudera achar*, mas Antonio encontrou a desventura, porque a mãe de Ana Amélia, dona Lourença Francisca, mesmo tratando o poeta com bastante consideração e condescendência, tinha desprezo pelos mestiços bastardos, disse Maria Luíza, como se não fosse dona Lourença Francisca mesma uma mestiça, parece que Antonio não percebeu isso, apaixonado por Ana Amélia e estimulado por ela decidiu pedir sua mão a dona Lourença Francisca, escreveu uma carta modesta, mas orgulhosa, como era de seu feitio, falando que não tinha ambição de figurar na política do país nem de fazer fortuna, dizia que valia pouco e não valeria muito mais no futuro, que reconhecia haver melhores partidos para Ana Amélia, a única compensação que oferecia era de tratar Ana Amélia melhor que qualquer outro, conhecendo como conhecia suas qualidades.

Certeza da incerteza

A carta tão orgulhosa quase pedia perdão a dona Lourença Francisca pelo atrevimento, disse Maria Luíza, e já a desculpava de antemão por uma negativa como se esperasse nada mais que isso, como se fosse a única resposta possível, dizia que já estava acostumado a sofrer reveses na vida e não seria esse um dos menores, sentiria consolo em simplesmente saber que havia se esforçado para obter o consentimento de dona Lourença Francisca e talvez nem fosse digno de o merecer. Para o irmão de Ana Amélia, o José Joaquim, Antonio enviou uma carta ainda mais enigmática, como se no fundo não quisesse casar com Ana Amélia — o destino — dizendo que não tinha fortuna — e não a teria nunca — não era fidalgo de sangue azul, nem mesmo era filho legítimo, não acalentava ambição de poder e o que propunha não era um casamento, mas um sacrifício, Ana Amélia teria de se contentar com pouco, iria suportar uma vida ou de rosas ou de espinhos, Antonio tinha a oferecer apenas um coração que amava, um homem que estimava, mas certo de que iria sofrer uma repulsa, e ainda pediu que o irmão mostrasse a carta a Ana Amélia. A carta caiu como uma pedra no entendimento de dona Lourença Francisca, que o tratara sempre com bondade, desde que a bondade não fosse confundida com uma permissão para entrar na família, disse Maria Luíza, ainda mais diante de tantas certezas de incerteza.

Nas entrelinhas

Quando um dia li a carta, que Maria Luíza me mostrou, tive a sensação exata do contrário do que sentira Maria Luíza. As palavras de Antonio eram modestas só na aparência, palavras de um homem excepcionalmente orgulhoso que prometia, para bom entendedor, uma vida de glória ao lado do mais grandioso espírito da época, de alguém que tinha brilho, honra, expressão, fé, nobreza de alma e era tão seguro de si que de antemão desprezava a vitória ou a súplica astuciosa, um homem tão orgulhoso, capaz de suportar qualquer revés, no meu ponto de vista ele escreveu parecendo acreditar que jamais dona Lourença Francisca pudesse deixar de o aceitar no seio da família. Mas ela negou o pedido de casamento, numa carta seca, de quatro linhas, quatro míseras linhas. Deixou Antonio com a vista ofuscada, mais infeliz do que ele anunciara ou imaginara, com as ideias baralhadas, confuso, ansioso, sufocado, a resposta apertada contra o peito queimava-o, uma condenação que ele releu quatro mil vezes, um horrível sentimento de perda, repulsa, pobre Antonio, escreveu a Alexandre Teófilo, *amava, mas não pensei que amava tanto*, amava, mas *podia amar mais e muito mais*, amava, *mas o amor que tinha para o amor que adivinhava... era o espaço em relação à imensidade...* eu acompanhava aquilo tudo sufocada de sentimentos os mais contraditórios, e devo confessar que embora amotinada eu me sentia viva, como se morasse eu mesma na capital.

151

No fundo, no fundo...

Maria Luíza acreditava que Antonio escrevera aquela carta naqueles termos tão desfavoráveis a si mesmo porque desejava no fundo que dona Lourença Francisca *não* lhe desse o consentimento para casar-se com Ana Amélia porque precisava mais de um grande amor impossível do que de uma esposa amorosa e dedicada, porque um amor absurdo seria fonte de inspiração para sua poesia para o resto da vida, um amor discrepante não se desgastaria com a trilha vulgar dos dias e dias, em vez de olhar Ana Amélia na cozinha a descascar batatas ele a veria em sua imaginação, as formas femininas envolvidas numa densa nuvem de musselinas sem romper a corda da lira que o jogaria no mundo real, e além disso, disse Maria Luíza, Antonio sabia no fundo que seria melhor casar-se com uma mulher do Rio de Janeiro, de uma família mais cosmopolita, talvez Antonio pressentisse que Ana Amélia não seria capaz de apreciar a vida dos salões nem suportaria a distância de sua família, como acreditava Maria Luíza, que conhecia Ana Amélia desde criança, Antonio também sofria de outro problema, conforme pude entender por suas cartas a Alexandre Teófilo: precisava ser aceito nos santuários das artes, porque se achava com defeitos da índole e não da educação, *Careço do orgulho para entrar no círculo em que eu disse que havia de viver e para vencer dificuldades; careço de vontade*

DIAS & DIAS

para não desanimar, como poderia ele acomodar-se às ninharias de uma vida serena na província? Antonio via o tamanho de sua alma, de sua inspiração, sua inteligência, educação e... deixemos isto, estou eu com a minha maré de dizer asneiras, o certo é que ele pediu a Ana Amélia, numa carta, que o esquecesse e se resignasse, Ana Amélia ficou horrivelmente maçada, disse que Antonio não a amava a ponto de romper com a família, e ele nada fizera para lutar por seu amor. Assim são os homens, disse Maria Luíza.

Amor no Ceará

Não concordo em nada com o que disse Maria Luíza, creio que Antonio quis apenas respeitar a família de Alexandre Teófilo, renunciou ao seu grande amor por respeito ao amigo, e sei que ficou arrasado mas de cabeça erguida, manteve a honra. Ele poderia escolher sua companheira entre muitas famílias, porém escolheu na família de Alexandre Teófilo, ou esbarrou com ela, ficou de pés e mãos atados pois não podia lamentar nem queixar-se sem causar mágoas ao amigo. E também acredito que Antonio temia casar-se naquela atualidade, sem condições financeiras, porque isso o obrigaria a empenhar-se por cousas que não o atraíam, apenas para conquistar uma posição, Antonio tomou por predestinação a negativa de dona Lourença Francisca e que devesse seguir em sua vida improvidente, irrefletida, tomado por musas e espíritos poéticos, por passatempos amorosos. Sua vida foi levada por um equívoco, dois orgulhosos jovens que permaneceram altivos diante de sua realidade amorosa, tenho certeza de que Antonio esperava que Ana Amélia lhe pedisse para voltar, ele até escreveu isso na carta a Alexandre Teófilo, esperava de Ana Amélia uma prova de amor, que ela se recusasse a desistir dele, e ela, por sua vez, esperava que ele se recusasse a desistir dela.

Uma provinciana em Lisboa

E eu, confesso que fiquei num leito de rosas, passei a viver num mundo de fantasia, eu me via casada com ele e já cheia de filhos morando no Rio de Janeiro, em Lisboa, em Paris, em Xangrilá. Eu me via com ele a passear de charrete, via-me a tocar sua mão no camarote do teatro Lírico — eu precisava aprender a falar francês! —, ele compunha versos e mais versos para meus olhos, meus cabelos, meus lábios, minhas mãos, declamava para mim as composições, deitava-se ao meu lado numa cama de verdade com colchão de palha e lençóis de linho e lia para mim seus livros em voz alta a fim de que eu conhecesse seu mundo interior, ele me amaria. Estava livre, maçado. Estava solitário e carecendo de afeto. Ouro sobre azul! Eu precisava ir para o lado de Antonio, ampará-lo em sua dor, em seu sentimento de abandono, repulsa, perda, eu tinha o dinheiro de mamãe que poderia dar a Antonio como dote, iríamos comprar uma casa linda ao lado do palácio do imperador, andar de carruagem, viajar de navio-brigue para a Europa. Pedi a papai mais de mil vezes que me deixasse fazer uma viagem ao Ceará, eu sabia por Maria Luíza que Antonio estava no Ceará, onde eu tinha tantas tias, irmãs de meu pai, e tios e primas e primos e mais vovô e vovó, que eu não conhecia, nem conhecia Fortaleza, nunca havia saído de minha comarca, eu era mesmo uma simplória aparvalhada, provinciana, nem mesmo provinciana, não conhecia a capital da província, só ali as redondezas de Caxias: uma fazenda, um algodoal, uma beira de rio, um cajazeiro, um campo de palmeiras onde cantam os sabiás.

Camelos no Ceará

Papai resistiu à minha insistência, não poderia acompanhar-me e não me permitia viajar sozinha, iria perder-me no caminho, papai jamais concordaria, e decidi fugir, desde que Natalícia me acompanhasse. Sabendo como eu era determinada, papai mandou Natalícia vigiar-me com os dois olhos e só deixar que eu saísse de casa com ordem dele e acompanhada. Natalícia deu-me a prova de seu afeto por mim, e também vingou-se da indiferença de papai, aceitou fugir comigo para Fortaleza apesar de sentir muitas dores na espinha, tantas que mal podia caminhar sem bengala. Comprei as passagens na barcaça com dinheiro da mamãe, escondi os bilhetes. Confidenciei ao professor Adelino meu intento e o fiz prometer-me consolar papai e segurá-lo em casa ao menos uma semana antes de ir ao nosso encalço. O professor Adelino ficou tão triste que caiu doente de cama, com uma pneumonia, mas guardou segredo. A Natalícia morria de medo de viajar de barcaça, dizia que iria enjoar até ficar verde, mas o caminho por terra não dava para passar, só mulas e cavalos, que tinham de atravessar palmeirais pantanosos e cerrados inundados pela água do rio, repletos de feras e mosquitos de febres, e como iria ela montar um cavalo, ou uma jumenta? assim convenci Natalícia a irmos pelo rio. Num domingo, papai saiu para a caça e pegamos os baús que estavam preparados, chamamos a carroça do seu Benedito para nos levar ao cais. O professor Adelino foi nos acompanhar, aflito e vexado. Na breve despedida ele quis segurar minha mão, mas ficou com as faces vermelhas, tossiu, engasgou e conteve-se, fez um breve cumprimento com a cabeça, os olhos marejados. Natalícia foi "guinchada" até a barcaça, e partimos. Quando lembrei-me de olhar para trás, a figura do professor já havia desaparecido na curva.

O gorjeio das aves

A barcaça estava pesadamente carregada, era uma embarcação até grande e bastante segura, nunca havia ocorrido nenhum acidente ou naufrágio na região porque o Itapicuru, Caxias abaixo, tem entre sessenta e oitenta pés de largura, disse o velho Ribamar, mestre do barco, e uma boa fundura. Íamos com a nossa pequena bagagem: dois baús, dois sacos de viagem e duas valises de mão, duas caixas de chapéu, toda arrumada por cima de mais de trezentos fardos de algodão, era o dia 3 de abril, sete da manhã, e um escravo armou nossa tenda por cima dos fardos. A barcaça tão famosa era ruim, balançava, desviava escolhos, esbarrava em troncos, só não afundava sabe-se lá por que motivo. Natalícia enjoava, estava verde na pele e roxa nos lábios finos, tremia, pálida, a cada pancada, nas curvas tínhamos a impressão de que a barcaça ia arrebentar-se nas ribanceiras, mestre Ribamar disse que iríamos demorar treze dias para alcançar a foz, e no segundo dia já estávamos com a pele toda pintada de picadas de mosquitos que apareciam malignos em densos enxames noturnos, torradas de sol que atravessava nossos chapéus de palha e nossos véus, eu seguia na maior apreensão, por um lado encantada com as paisagens que se descortinavam, morros, campinas que se alternavam com vegetação de sarçal baixo, grupos de palmeiras, ou uma paisagem dilatada quase até o ho-

161

rizonte, mas por outro, mordendo os beiços de saudade de meu quarto e de papai, eu sabia que papai era um pouco estreito, para ele o mundo era u'a máquina apenas, ele me achava insensata e sentimental, mas assim distante dele senti que em meu coração havia ternura quando eu pensava nele, eu estava aprendendo as qualidades da distância.

O sentimento do adeus

Então era aquilo o sentimento do adeus, a ventura do partir, os arpejos da liberdade tocavam meu coração e faziam meu corpo tremular, ventos e correntezas e cabelos, viver para o horizonte, então era aquilo a brisa favorável, a vasta amplidão do mundo que embriagava! as minhas horas passavam curtas e cheias de um inefável suspense, eu nunca havia experimentado aquela sensação de folha ao vento a esvoaçar sem custo, de respirar o espaço e galgar os escarcéus, nunca havia imaginado um mundo que mudasse a cada instante, nem que pudesse haver tanta amplidão de matas, e o coração impelido por algo que não era o amor, mas tão intenso quanto o amor, além das montanhas, além das nuvens, além da amplidão, partir, separar a alma da terra, deixar o pai, deixar o percurso de uma lua, uma rosa jogada às ondas do mar, palinódia! Retratação de uma vida, asas cortadas que nasceram, então passei a compreender um pouco as partidas instáveis de Antonio, sua vida sem tino, sua labuta de lasso viandante extraviado, aquela força oculta e irresistível de que ele tanto fala em "Adeus", *Inda uma vez, Adeus! Curtos instantes de inefável prazer — horas bem curtas de ventura e paz fruí convosco: Oásis que encontrei no meu deserto...* então era isso? Partir era apenas isso? Era simplesmente tomar um barco e deixar-se ir?

A navegar corredeiras

Deixar-se ir... As curvas me davam agonia porque encompridavam o caminho e eu tinha tanta pressa de chegar! mas a cada vez o rio dava ainda mais curvas, encontrávamos corredeiras, o perigo me fazia medo mas o medo fazia-me acender os brios, nunca pensei que fosse nem um pouco destemida, a novidade da paisagem fazia-me esquecer que eu era uma fugitiva, que papai devia estar trovejando em prosa e verso, os sabiás caladinhos, que vontade de dar um cheiro em papai, escutar seus passos na casa, pensava se ele teria chorado, como chorou na morte de mamãe, mas eu olhava as margens correndo aos meus olhos e esquecia meus remorsos, tudo me fascinava, a Barriguda, o moinho, a ave assustada, o romper d'alva, os chumaços de folhas de palmeira indaiá que os marujos punham no casco do barco para ajudar na flutuação, o amarrar a barcaça com cordas às árvores para controlar a rapidez da descida e a fim de manter a embarcação na parte que se podia navegar, um estreito canal bem no meio do rio, oh como o mundo era imprevisto, eu nem merecia isso, as cachoeiras, Angical, Gato, uma flor na rama oculta, a máquina estrelada, o universo equilibrado nos ares, como tudo aquilo era possível? mas o mundo também mostrava ser ingrato, nos sinais da enchente que havia desarraigado árvores, nos grossos troncos que impediam a passagem do barco,

164

DIAS & DIAS

eu sofria as misérias da natureza, todavia esse sacrifício para mim fazia sentido, embora eu tivesse na boca o gosto de estar agindo mal, que estragava o meu prazer, eu me divertia lavando-me em água de flores, e quanto mais rápido íamos mais eu me aliviava, embora sofresse por papai eu ia em frente, tinha medo de chegar tarde demais ao Ceará, ou nunca chegar.

Frutas estranhas

Eu conhecera as singelas fazendas da redondeza, mas quanto mais nos afastávamos de Caxias mais as fazendas ostentavam casarias ricas, de varandas, armazéns, carroças e charretes, cais com barcos, e os algodoais a estalar as cápsulas, campos brancos que pareciam nuvens caídas. Nas ribanceiras ficavam bananais sobre brenhas de espinheiros e palmeiras, as pacovas iam até o chão ao peso dos cachos, e pomares de tantas frutas que eu nem sabia o nome ou o gosto, reconhecia de longe as melancias, as abóboras e as goiabeiras, mas Natalícia desfiava os nomes de todas aquelas frutas, porque tinha sido criada numa fazenda, e dos bichos que saltavam nos galhos ou voavam, o mestre do barco apontava os poraquês na água, tão bravos que não se podia banhar no rio. O tempo passou depressa, quando dei por mim já estávamos na foz do Codó, sujas, suadas, cansadas, e seguimos por uma parte do rio em que as matas eram altas, as águas mais impetuosas corriam sobre um penhasco, vimos índios bravos, com suas armas, a nos fitar, as amarras da barcaça partiram-se, ela projetou-se contra a margem, e uma pancada muito forte deu-nos a sensação de que o casco se rompera, mas o barco seguiu sem embaraço, dali em diante havia água farta até a barra. Chegamos a Itapicuru-Mirim, elevada na margem, com lojas de chita, louças, ferramentas e licores, vila onde mora o nosso vigário colado.

Viagem noturna

Em Itapicuru-Mirim comemos o que nos pareceu um banquete, oferecido pelo vigário meio cachaceiro e epicurista, depois me falaram que era carne seca de iguanas verdes, no final ainda tivemos de engolir na sobremesa um sermão inteiro do Evangelho, e minha felicidade foi que o mestre decidiu, dali para a frente, viajar também à noite, pois o perigo havia ficado para trás. Nada como viajar à lua, ouvir os guinchos das aves em bandos, o rugido das feras a espreitar por trás das moitas, nas águas coalhadas de peixes que cavavam violentas descargas no espelho. Lembro de quando chegamos a São Miguel, uma vila quase só de gente negra, e uma família de índios tupajaros veio se acomodar na barcaça, lembro de Pai Simão, um povoado de poucas casas, onde fica a fazenda dos carmelitas, e ali, nas margens do rio, escravos vendiam louça vermelha, moringas de dois bicos, panelas, pratos redondos, e um monge nos olhou passar, de cima de uma pedra, deu adeus quando entramos na curva, adeus, lembro do medo que senti em Nossa Senhora do Rosário, quando vieram examinar os documentos dos passageiros, Natalícia nem eu tínhamos sequer um papel, mesmo assim o comandante deixou-nos seguir, conhecia papai de nome. O rio ali cruzava mangues rubros, eu não aguentava mais tanta viagem, sentia querência de voltar, ficava de noite sem dormir, no convés da barcaça olhando as margens tão monótonas deslizando aos pés do rio, sempre as mesmas estrelas, a mesma comida, a falta de uma tapioquinha quente, reclamei da demora, e disse o mestre que estávamos ao pé do mar.

O mar

Eu nunca tinha visto o mar, achava que havia de ser cousa para derreter penhascos, eu nem pestanejava, esperando, a escutar as pateadas da água, e vendo de novo o mundo de azul e d'oiro, santo Deus! o mar! *Enfim... enfim te vejo, enfim meus olhos na indômita cerviz trêmula cravo, e esse rugido teu sanhudo e forte, enfim medrosa escuto!* O mar não passava de um rio, só que mais largo, mas a mesma cor da água, a diferença era só o perfume de sal, nada de rugido, nada de ventos insanos e pagãos lascando os barcos, nada de profundos abismos chamando à superfície infindas vagas, nada de horríssonas tormentas, nem voz de trovão que os céus abala, a poesia de Antonio, "O mar", dizia que o oceano era terrível, o mar imenso, as ondas rebentavam floridas, uma composição que me fazia medo, imagem do infinito, feituras de Deus, eco da voz de Jeová, poderoso sem rival na terra, *Mas lá te vais quebrar num grão de areia, a quebrar o espaço e o tempo, a quebrar num relance o círculo estreito, do finito e dos céus,* mar belo, entre miríades de luzes, mordendo a fulva areia, mais doce que o singelo canto da merencória virgem que entre flores suspira, *e à noite, quando o céu é puro e limpo, teu chão tinges de azul, — tuas ondas correm por sobre estrelas mil; turvam-se os olhos entre dois céus brilhantes,* água por sobre estrelas mil.

O esperado embarque para Fortaleza

Montadas a cavalo chegamos a São Luís — ficamos na casa de tios, levei para eles de presente peças de couro de veado curtidas em leite e desmolhadas, muito macias, um vidro de funcho conservado em vinagre, preparado por gente das Antilhas, que compramos no caminho — e depois de uns dias de descanso, quando visitei Maria Luíza e li algumas cartas de Antonio, embarcamos para Fortaleza, Natalícia tomada de um brilho que nunca vi antes em seus olhos, e eu ansiosa, palpitante. O mar de Fortaleza era verde-esmeralda, a coisa mais bela de se olhar, dava até vontade de afundar nele de roupa e tudo, e as praias de uma areia alvíssima, com filas de coqueiros esguios curvados ao vento. O nosso navio sacudia pela ressaca quando chegamos ao porto do Ceará, às duas da tarde, num mar contrário, dia 11 de maio, e não havia cais de desembarque, só uma pequena ponte inacessível, o mar quebrava violentamente contra a areia na frente da cidade, ainda assim vieram sobre as ondas uns catamarãs acercar-se de nosso navio, os marujos propondo levar em terra os passageiros. Ninguém quis aventurar-se, apenas eu, mas Natalícia recusou-se a me acompanhar e fiquei no convés, sozinha, querubins a murmurar, desolada, pensando em Antonio, onde estaria àquela hora? Numa taberna declamando às levianas, bêbado de amor, e eu ali perto dele, que lh'importa a sanha do tempo roedor? Eu olhava a cidade ao anoitecer, luz após luz se acendendo, se apagando.

Tapiz d'alva relva

Brandas luzes que me afagavam a vista, a cidade num ameno silêncio, meus olhos como um raio de luz a espiar a lua luzindo no espaço da esfera do céu, meu rosto a sentir a brisa sussurrando, *é bela a noite quando grave estende sobre a terra dormente o negro manto de brilhantes estrelas recamado*, eu ali, infeliz e feliz, a mente, o coração, a ledice, a dor, o pranto, o riso, sócia do forasteiro, tu, saudade! Varando o coração de um a outro lado, cintilar dos olhos baços, pensamento ermo e sozinho, a rezar aflita para chegar em terra, esperando em torvos pesares, até que um anjo ouviu as minhas preces e às nove horas da noite veio um barco da Alfândega nos buscar. Mesmo nas ondas arriscadas eu me sentia embalsamada de uma encantadora luz, a lua iluminava a espuma e as areias, o meu sofrer minguando, vieram carregadores negros mergulhados n'água até o peito, levaram na cabeça nossas bagagens, depois nos carregaram em seus ombros, cheguei em terra toda molhada, com o sentimento de uma vitória fabulosa, Pisei no Ceará! Uma carroça levou-nos pelas ruas largas, limpas e bem calçadas de Fortaleza, um vento frio açoitava o meu rosto, uivando nos coqueiros, correndo as casas pintadas de variados tons, despenteando os cabelos das moças que vinham à sacada nos olhar, espalhando a fumaça do cigarro dos rapazes que fumavam bem no meio da rua. Ah, Antonio passara por ali...

Vovô e vovó

Uma cidade de calma imperturbável, indiferente às leis do tempo, tangida por um vento noturno suave e constante. Tinha uma fortaleza com seus canhões, mas era pequena, largada, parecia mais uma comarca de interior do que uma capital de província. Sua grande beleza era o mar bravo. A carroça deixou-nos na frente da casa de vovô, uma casa baixa, cercada de coqueiros e perto de um areal iluminado de luar como se fosse dia. Meu avô Raimundo, um homem alto e de cabelos muito fartos e brancos, veio abrir a porta, vestido de uma calça de algodão, camisa solta por cima, tamancos de pau, uma touca de dormir e uma candeia de óleo de carnaúba na mão. Ficou muito surpreendido com a nossa chegada, fez perguntas sobre a viagem, e apareceu minha vovó Inesota, que eu só conhecia de cartas, vestida com uma camisola de algodão alvo e os cabelos soltos pelos ombros. Vovó Inesota levou-nos ao quarto de banho, depois ofereceu-nos uma ceia de frango assado, roscas de milho, carne de sol, e umas tapiocas tão finas e delicadas que entendi por que papai reclamava tanto com Natalícia de suas tapiocas grossas. Um escravo armou duas redes num quarto e dormimos até nos fartar. No dia seguinte, vovô Raimundo disse que Antonio estava desde março na província do Amazonas, que acabava de ser criada, onde ofereceram-lhe um cargo político, e fiquei desesperada, com a certeza final de que ele jamais saberia com quanto extremo era amado, nem os acentos da paixão que me inspirou, mas que não ouviu nunca, e que ficaram em minha alma, e que eu não terei de os repetir a ser humano algum. Era, ou não, fatalidade? Maria Luíza acredita que sim, uma fatalidade entre todas as outras fatalidades que magoavam a minha vida sem curativo.

Na Escola Politécnica

Em novembro Antonio estivera no Ceará, em dezembro Antonio se achava na Paraíba, diziam uns, outros diziam que estivera no Ceará em março e partira para Manaus, outros que Antonio estava no Recife desde fevereiro, outros, ainda, que viajara para o Rio de Janeiro em maio, outros que Antonio tinha voltado para o Mearim em dezembro e havia casado com Ana Amélia, que indigestão! Isso foi na reunião da família inteira, em roda de uma mesa farta, uma multidão de primas e primos, tias e tios, além dos vizinhos que vinham olhar as visitantes, trazendo mais pratos de comidas do lugar. Não entendi por que motivo sempre que eu falava o nome de Antonio as pessoas riam e se entreolhavam. A pedido de vovó Inesota, vovô Raimundo levou-me à Escola Politécnica, onde um certo professor poderia tirar a dúvida do paradeiro de Antonio. *Doce poeira de aljofradas gotas Ou pó sutil de pérolas desfeitas*, disse o professor na Politécnica que esses versos magistrais recordavam o deserto da caatinga no Ceará, areia feita de pó de pérolas, e ele contou a história dos camelos, em 59, aconteceu entre Pacatuba e Baturité, houve um escarcéu, quiseram ridicularizar Antonio, que ele fosse tomado por desidioso, havia uma leva de camelos no Ceará, o que é muito lógico, os camelos tinham vindo da África trazidos por Capanema e era quase certo que iam se poder aclimar no deserto daqui se tanto se aclimavam no de lá, muitos burros, mulas e cavalos daqui tinham morrido durante a seca daquele ano, cá estavam aqueles bichos estranhos e lânguidos, olhos mansos, um suave cavalgar, Antonio montou um camelo para viajar numa caravana de Fortaleza até Pacatuba, montado ele viajou cinco léguas, mas ficou tão moído que abandonou a viagem, voltou para a capital, levaram os camelos para Baturité, nisso um deles quebrou a perna e morreu. Até no Senado os senadores zombaram de Antonio. O professor disse-me que Antonio estava mesmo era na Bahia, mas ia tomar o navio de Secundino Gomensoro em direção ao Rio de Janeiro, muito inconformado e abatido. Não estava casado, garantiu o professor. Eu precisava ir correndo para a Bahia antes que Antonio partisse, antes que papai chegasse para me resgatar, precisava ir antes que Antonio encontrasse outra mulher e resolvesse casar, pois devia estar tão desolado com a perda de Ana Amélia que seu coração consumido demandaria carícias e, orgulhoso como era, Antonio ia querer demonstrar que se entre os Ferreira do Vale era despachado, em outra família era acolhido com satisfação. Naquela noite sonhei com Antonio em cima de um camelo percorrendo um deserto estrelado, como se fosse um sheik fugindo a uma caravana de assaltantes. Eu já preparava de manhã um modo de ir atrás de Antonio quando chegou o navio *Imperador*, vindo de São Luís, e desembarcou um tenente furioso em busca de sua filha e sua concubina.

Últimos cantos

Na viagem de volta eu já era outra mulher, mesmo fazendo o caminho de volta eu ia para a frente e não para trás, mas logo que cheguei e vi a cara do professor Adelino entendi que eu não havia mudado tanto assim e o sentimento de asas foi se apagando, tudo voltou a ser como era e sempre fora, então eu sabia do que Antonio tanto fugia. Ele estava no Rio de Janeiro hospedado na casa do Secundino Gomensoro. Aqui o povo porfiava sobre o canto do cuco, papai caçava aos domingos, minha rede cheirava a goma, eu calçava de novo as chinelas de palha de babaçu, olhava as gaiolas pela casa, ouvia o canto dos sabiás, Natalícia trabalhava sem parar, os cabelos sempre arrumados, a única diferença era que os cabelos de Natalícia e os de papai, e até mesmo os do professor Adelino, estavam branqueando e um dia levei um susto quando senti uma pinicada na cabeça e ouvi a risada de Natalícia, ela mostrou-me o primeiro fio branco que havia despontado nos meus cabelos. O professor Adelino tocava bandolim, lia em voz alta na sala de minha casa os versos dos *Últimos cantos*, a que Antonio dera publicidade em 51, eu tentava adivinhar nas entrelinhas tudo o que se passara na vida de Antonio no Rio de Janeiro e o que estaria ele fazendo naquela cidade tão remota, um pouco apreensiva com o título, imaginava por que Antonio chamara seus cantos de *últimos,* escrevera na dedicatória esperar que pelo menos um de seus poemas sobrenadasse no olvido, e por mais de uma geração estendesse a sua memória e a de Alexandre Teófilo.

Vestes dos navegantes

Antonio queria que pelo menos uma de suas poesias restasse, assim como em *praias desconhecidas os destroços de um mastro embrulhado nas vestes dos navegantes,* eu achava que todas elas permaneceriam, ao menos para mim, mas minha memória já não estava tão boa, eu esquecia um verso aqui, outro ali, demorava a pegar o começo de alguma composição, eu pensava ter filhos com o professor Adelino só para haver a quem transmitir meu amor por Antonio, mas olhava a cara sucessiva e tímida do professor e desistia, pedia que lesse novamente o "I-Juca-Pirama", e mais uma vez "Nênia", eu me deliciava com "A infância", tão suave composição, e "Urge o tempo", tão forte, quando lia em "A Mãe-d'Água" aquelas palavras dedicadas a uma mulher de cabelos doirados eu sentia ciúmes, quem seria a loura que ele vislumbrava no fundo das águas? Quem teria quebrado sua lira? Quem seria a pastora? E a leda flor bela e virgem? flor da beleza, anjo da harmonia, virgem cismada e a poesia javanesa, morrer pelas estrelas inclinadas, seu anjo, sua flor de nenúfar, seu lenitivo cruel, seu mar de luzes, seu desalento que o fazia arrastar-se por sua ideia a fingir alegria, e ele terminou os últimos cantos voltando à infância, ao lado de sua querida Joana, como se precisasse do afago de seu passado livre da escravidão do amor, quatro linhas, quatro badaladas, quatro mil leituras.

O irracional sempre vence

ra um baile campestre, na fazenda Paraíso, em Porto das Flores, uma linda tarde. Antonio perambulava sozinho entre os pares que dançavam, talvez pensando em Ana Amélia, procurando-a entre os rostos, quando avistou uma mulher. Pálida, desfalecida, quase sem vida, a contrastar com o barulho alegre da música, os risos, o tilintar dos copos, uma mulher frágil, contemplativa, solitária, delicada, nervosa, impressionável, romântica, acostumada a ler poesias e romances, como a maior parte das mulheres do Rio de Janeiro e com o excessivo abuso do chá, uma mulher que se comportava como um infortúnio ambulante, uma dor ao vivo. Antonio tomou-se de compaixão, dó, piedade, comiseração, talvez um certo encanto, a senhora de olhos roxos o fazia lembrar-se dos versos de Horácio sobre a imagem pálida da morte, uma imagem poética, como ele escreveu na carta de maio de 54 a Alexandre Teófilo, a mais terrível de todas as suas cartas, que Maria Luíza mostrou-me com hesitação temendo reerguer em mim as forças da esperança. No baile campestre a mulher seguiu Antonio com os olhos, encantou-se do poeta, ele a viu aqui e ali, ela procurava avistar-se com ele, dançar, ele não se apaixonou mas dela não desgostou e ficou sabendo seu nome, Olímpia Coriolana, quando lhe foi, em outro baile, apresentado por um amigo.

Em busca de um coração ferido

Olímpia Coriolana era a filha de um conceituado médico da capital, da Academia de Medicina e colega de Antonio no Instituto Histórico, nomeado em 46 médico da imperatriz, e que tinha muitos amigos, desde que foram apresentados Olímpia Coriolana fez de tudo para conquistar o coração de Antonio, enviava-lhe cartas e mais cartas — o que eu jamais tive coragem de fazer porque sou atoleimada, estúpida, e ainda mais orgulhosa do que Antonio — Olímpia Coriolana vigiava suas saídas e criava a ocasião de algum encontro "casual", dava-lhe toda a atenção e carinho quando o encontrava, elogiava-o, mimava-o, dedicava-lhe olhares enamorados, mandava-lhe docinhos, salgadinhos, numa porfia sem cansaço, mas ele viajou sem despedir-se dela, não respondeu às suas cartas, não a visitou ao retornar, comeu distraído os salgadinhos, mas ela prosseguiu na sua lavra solapada sem jamais pecar pelo orgulho, como Ana Amélia, estátua erguida entre ruínas, ela merecia a vitória depois de tanta humilhação, tanta docilidade, submissão, aquela merencória mulher de quadris largos e rosto cavalar, como disse Maria Luíza. As mulheres que se comportam assim estão apenas esperando pelo dia da vingança.

Cão de plumas

Não creio que Olímpia Coriolana fizesse tudo aquilo por amor, mas para dizer às amigas: "Casei-me com um poeta", Olímpia Coriolana estava com trinta e dois anos, desenganada de casamento, ela sofria do peito e escondeu de Antonio sua doença, contou com o silêncio do pai, médico, que devia estar desesperado com a solteirice da filha. Olímpia Coriolana fez com que Antonio se curvasse a seu desejo e se rendesse a suas ordens, desde o começo criou-se entre eles o domínio da mulher sobre o homem, coisa tão natural quanto um cão de plumas, Antonio vivia uma vida provisória, de casa em casa, de hotel em hotel, de barco em barco, de país em país sofrendo por Ana Amélia, estava ainda hospedado na casa de Secundino Gomensoro desde que voltara da viagem ao norte, desencantado do amor, repudiado, magoado com os Ferreira do Vale, cansado de sua solidão, de comer à mesa de amigos, dormir em cama alheia e de resistir ao assédio da abafante mulher, uma senhora de boa família, mulher de caráter forte, determinada, autoritária, que o desejava com obsessão, e ele fraquejou. Deu o nó. Resolveu casar.

A mão da messalina

Antonio solicitou a seu amigo Porto Alegre que pedisse ao doutor Cláudio a mão de Olímpia Coriolana, escreveu Maria Luíza. O casamento foi na igreja do Outeiro da Glória, no dia 26 de setembro de 52, ele aos vinte e nove anos, e ela aos trinta e dois, ou trinta e três, no fim da tarde. Depois das bodas o par foi residir na casa do sogro, no largo do Valdetaro. Não houve festa, não houve viagem, nenhuma comemoração, e dizem que a noiva nem mesmo estava vestida de branco e de véu e grinalda, quiçá – Deus me perdoe! nem fosse pura – e Antonio viu-se mais uma vez no seio de outra família que não era a sua – entre estranhos – e dizem – também – que Ana Amélia quase adoeceu – de tristeza – o amor pode matar, pode. Logo que soube do casamento de Antonio com Olímpia Coriolana, Ana Amélia esposou o *primeiro* que apareceu, um negociante mestiço, pobre, filho bastardo que aceitou casar mesmo contrariando a família de Ana Amélia, diz Maria Luíza que um mês depois o noivo faliu e teve de fugir para Portugal, levando consigo a infeliz companheira no crepúsculo da tristeza. Olímpia Coriolana não demorou a mostrar sua verdadeira natureza, disse Maria Luíza que Antonio escreveu ao Capanema que sua mulher era educada livremente em uma sociedade livre, e a essas mulheres não se deve crer: é tudo mentira, astúcia, fingi-mento, hipocrisia, *mas em algum momento de verdade, na cólera por exemplo e Deus sabe quanto fel cabe na alma de uma romântica.*

Mal do peito

Mas o que fizera Olímpia Coriolana contra Antonio que o deixara tão amargo e desgraçado? perguntei a Maria Luíza, quando ela esteve em Caxias a caminho da fazenda, disse Maria Luíza que Olímpia Coriolana sempre se fazia de vítima de Antonio e acusava-o de trair sua confiança, quando era ele quem deveria sentir-se traído porque lhe encobriram a doença de Olímpia, pai e filha esconderam o mal e Antonio se deitava na mesma cama, vivia com a mulher sem nenhum resguardo, Antonio passou a sofrer do peito depois de casar, mas por delicadeza escreveu a Alexandre Teófilo que a causa era a mudança de clima, jamais acusou a mulher e o sogro, logo depois de casado Antonio suspeitou da doença de Olímpia Coriolana, perguntou a respeito ao sogro repetidas vezes mas o doutor Cláudio negou, depois desconversou, depois não teve mais como sonegar, e o que fez Antonio? mandou vir remédios da Europa para a mulher, e em vez de acusar o sogro pela falsidade, pela artimanha, pelas sagacidades ridículas, pelas espertezas de pobríssimos espíritos — teias de aranha que Antonio romperia com um sopro — disse-lhe apenas que poderia ter importado o remédio havia mais tempo e teria sido mais bem aproveitado, porém seu procedimento não foi tomado como bondade, Antonio fazia todos os esforços para agradar, todavia eram tomados por fraqueza.

Defeitos exagerados

Talvez a modéstia de Antonio tenha sido confundida pela família de Olímpia Coriolana como falta de qualidades, porque ele sempre gostou de exagerar seus defeitos e ensinou a todos o segredo para conseguir dele o que quer que fosse, isso ele escreveu na carta a Alexandre Teófilo — soubera eu o segredo de como conseguir seu amor! —, Olímpia Coriolana acusou Antonio de ser interesseiro. E por suspeitar que ele casava apenas de olho na fortuna da família, antes de casar ela escondeu não apenas que era tísica, mas aumentou o número de escravos que a família possuía, ocultou-lhe a existência de um irmão e uma irmã, mandou o pai prestar contas da "fortuna" ao noivo, e quando foram marcar a data do casamento, que não podia mais ser no dia dos anos de Antonio, em agosto, porque passara, Antonio sugeriu que deveria ser no dia dos anos de Olímpia Coriolana, em outubro, então ela mentiu, inventou que seus anos tinham passado e que podiam casar no dia dos anos do doutor Cláudio, em setembro, casaram em setembro para logo depois Antonio descobrir que os anos de Olímpia Coriolana eram mesmo em outubro, uma bagatela, mas essas bagatelas é que vão fazendo ruir a amizade, a confiança, Antonio logo percebeu que Olímpia Coriolana queria sempre conseguir as cousas por meio de finuras.

Serpente em ramo verde

Se Olímpia Coriolana fora gentil, dedicada e atenciosa, fazendo todas as considerações a Antonio, depois do casamento a situação virou, alterou-se o gênio da esposa para o de uma megera teimosa, vaidosa, soberba, suspeitosa, desconfiada, impetuosa e irrefletida, oh aquela serpente em ramo verde, de olhos escondidos para dentro de furnas, beiços sumidos como um debrunzinho de fio de algodão, as mãos um par de disciplinas, ataviada no espelho, apertada no espartilho, uma indisposta, uma descomedida nas palavras, ela dizia a Antonio que não era tola de seguir seus conselhos e tudo o que falava era algum desaforo para ferir aquele pobre espírito magoado, Olímpia Coriolana passou a suspeitar dele, Antonio não podia pôr os pés fora de casa, bastava anoitecer para que fosse motivo de ser acusado de "passar a noite" na rua entre mulheres, que ele era conhecido como um derretido por fêmeas e que todo mundo sabia de quando ele foi pego com a boca na botija na cama de uma senhora casada, e todo mundo sabia da viuvinha, ele dissera que gostava das viuvinhas porque não era preciso "ensinar-lhes as cousas mais comezinhas", e da filha dos sem-prepúcio, e da cantora italiana, e da sobrinha do major, da Ana Amélia que o recusara, das condessas e baronesas, e mesmo que vivesse o tempo todo maçado em seu quarto a ler livros, sain-do apenas para as sessões do Instituto Histórico, não tinha alí-vio da opressão da esposa.

Terríveis olhos de suspeita

Antonio passou a ficar em casa todo o tempo, não ia mais às sessões do Instituto Histórico porque, mesmo indo junto com o sogro, ao voltar para casa era recriminado por passar a vida fora de casa, e nem assim seu martírio terminou porque o ciúme da messalina era infinito, sem razão, ela passou a espionar Antonio dentro de casa, a interromper a cada hora o seu trabalho, andando atrás das negras da casa como se ele tivesse amor nas escravas estuporadas do sogro. E ela ia verificar o quarto da escravaria, pregava os ouvidos na parede a fim de ouvir se o catre estava rangendo, aqueles olhos terríveis de suspeita a seguir Antonio pelo corredor, pela sala, até mesmo por baixo da mesa de refeição, fazia desfeita ao esposo na frente das escravas com acusações, a ameaçar as negras de lhes fazer mal, disse Maria Luíza, e Antonio viveu assim atormentado dias e dias, ela maldizia o esposo fora de casa até com estranhos, ocupando-os com desgostos particulares por estar casada com "o pior dos homens", só faltava mesmo era publicar nas folhas fluminenses a sua indiscrição. Antonio não conseguia mais estudar nem concentrar-se numa leitura, tampouco ruminar suas ideias, ficava estupidamente olhando uma folha de papel ou uma página de um livro, tomado de um esquecimento completo da vida, muito menos escrevia suas composições.

O fracasso do nó

Olímpia Coriolana fez Antonio tão infeliz que ele desejava morrer, morrer era o único alívio, estava cansado, angustiado, a declinar, horrivelmente sombrio, Maria Luíza escreveu-me diversas vezes a contar o resultado do desastrado casamento, com uma ponta de prazer, Maria Luíza sempre fora a favor do conúbio de Antonio e Ana Amélia, o fracasso do casamento com Olímpia Coriolana fez com que sentisse um certo orgulho, e Antonio, abatido, a alma ressecada sem poesia, sem ânimo para dedicar-se ao trabalho, aos estudos, só tinha como consolo o Instituto Histórico. Disse Maria Luíza que uma das filhas do sogro era na verdade filha de Olímpia Coriolana que não era pura quando casou com Antonio, tendo dele sonegado também isso, algo que daria a Antonio o direito de anular o casamento, deixar tudo aquilo para trás, encerrar a sua extrema infelicidade, mas ele a perdoou e aceitou assim mesmo para não fazer escândalo e para não dar o braço a torcer para Ana Amélia que ia ficar muito por cima lá em Portugal, onde estava morando com o falido, conforme Maria Luíza, mas acredito que Antonio tenha perdoado a mulher porque é de seu temperamento compreensivo e enfrentou aqueles dias e dias de sofrimento, ouvia calado as calúnias, os insultos da mulher.

Quizília

Antonio tinha medo de que um verso qualquer fosse motivo de quizília, de ciumeira, e mesmo tinha receio de receber cartas, dava todas a Olímpia Coriolana para que ela as abrisse e lesse antes dele, então Antonio foi tomado de um desejo imenso de ir embora, ruminou esse desejo tanto que decidiu ir para a Europa, mas com medo de ser acusado de estar fugindo da esposa ele acabou convidando-a, e por isso foi acusado de querer levá--la para longe da família para poder maltratá-la, ele então chamou para ir na viagem a irmã que Olímpia criava em sua casa, uma irmã bem mais nova por quem Antonio sentia grande afeto, mas Olímpia não se agradou da situação, queria que fosse também o pai, Antonio convidou o doutor Cláudio, mas o sogro tinha uma afilhada que era sua concubina, disse Maria Luíza, e não viajava sem a rapariga, e lá se iriam todos para a Europa à custa do dinheiro de Antonio, ele tudo fazia em silêncio, tomado de melancolia e arrependimento, calava-se por sua educação, sua delicadeza, por não querer desagradar a uma mulher doente, o plano de Antonio era ir a Lisboa, em seguida chegaria o sogro em Lisboa para ficar com Olímpia, e de Lisboa Antonio partiria sozinho para a Itália, ou França, num longo adeus, por três anos, quem sabe morresse bem longe daquela família que o fazia tão miserável. Ele considerou a viagem à Europa como a única maneira de romper o casamento sem escândalo.

Um encontro inesperado

Foram para a Europa, embarcaram no dia 14 de junho de 54, Olímpia estava grávida de quatro meses, e levaram a Nhanhã, irmãzinha de Olímpia Coriolana, chegaram a Lisboa e foram para Paris, oh Lisboa, Paris! eu teria dado tudo para estar no lugar de Olímpia Coriolana, andar pelas ruas de Paris ao lado de Antonio, seguir seus passos na neve derretida, daria tudo até mesmo para ir a lugar nenhum com Antonio, ir a Jatobá... ir à Barriguda... ao matadouro... ao convento... qualquer lugar, ir ao deserto do Saara, ir ao inferno, desde que fosse ao lado de Antonio, eu daria um dedo, daria o braço, daria uma perna, as duas pernas para viajar ao lado de Antonio, mas quem estava em Paris com Antonio era Olímpia Coriolana, grávida, ainda mais enjoada e ciumenta. Chegaram o sogro com as filhas e a rapariga, a criança nasceu em Paris aos cuidados do avô, e recebeu o nome da irmã de Antonio, Joana, disse Maria Luíza que a menina nasceu com muitos defeitos e males internos, o que deixou Antonio ainda mais abatido e desconcertado, Antonio voltou sozinho para Lisboa a fim de iniciar suas pesquisas nos arquivos quando ocorreu algo que mal se pode definir, se uma coisa boa, ou má, que o deixou profundamente abalado, em Lisboa: encontrou-se por acaso com Ana Amélia.

Ainda uma vez, adeus

Como teria sido o encontro? Num parque? Numa rua? Num café? Numa casa de comércio? Estaria o marido de Ana Amélia ao seu lado? Estaria Ana Amélia sozinha? Teria Antonio ficado sem ar? Quem tomou a iniciativa de cumprimentar? Teriam ficado em longo silêncio? Maria Luíza não soube dar detalhes do encontro, apenas disse que reacendeu o amor, Antonio voltou a escrever, fez uma composição sobre o encontro, "Ainda uma vez — Adeus! —" no dia 18 de maio desse ano, creio que foi em 55, Antonio tinha trinta e dois anos, ou ia completar trinta e dois anos, e eu passava, dos trinta, um ano... *Enfim te vejo, enfim posso, curvado a teus pés, dizer-te, que não cessei de querer-te, pesar de quanto sofri. Muito penei! Cruas ânsias, dos teus olhos afastado, houveram-me acabrunhado, a não lembrar-me de ti! Dum mundo a outro impelido, derramei os meus lamentos nas surdas asas dos ventos, do mar na crespa cerviz! Baldão, ludíbrio da sorte em terra estranha, entre gente, que alheios males não sente, nem se condói do infeliz! Louco, aflito, a saciar-me, d'agravar minha ferida, tomou-me tédio da vida, passos da morte senti; mas quase no passo extremo, no último arcar da esp'rança, tu me vieste à lembrança: quis viver mais e vivi! Vivi; pois Deus me guardava para este lugar e hora! Depois de tanto, senhora, ver-te e falar-te outra vez; rever-me em teu rosto amigo, pensar em quanto hei perdido, e este pranto dolorido deixar correr a teus pés.* Essa talvez seja a composição de Antonio que mais dói em meu coração.

Um breve adeus

Arrancou seus versos da alma, de um amargo pranto banhados, tão comovidos versos, esperando que algum dia Ana Amélia os lesse com piedade e compaixão, porque nessa composição ele consolidou a terrível verdade sobre sua vida: fora um engano. Um equívoco. Um horrendo caos essas palavras encerram, um erro de quem não pode mais voltar atrás, como se um raio caísse em sua cabeça Antonio percebeu o quanto fora louco, cego, rude e bronco em não querê-la. Julgou que estava sendo virtuoso, agradando à família de Ana Amélia, sendo honesto e honrado, mas estava sendo louco, e percebia então o quanto eram infelizes um longe do outro, ele casado com uma mulher a quem não amava e que tampouco o amava, ela casada por vingança, com interferência da justiça, com um homem quase estranho a quem ela agora pertencia e para sempre. Ao final do encontro em Lisboa, Ana Amélia soluçara um breve adeus e Antonio, num mísero desterro, ficou a compor suas palavras de perdão, menos agra talvez lhe fosse a vida. Disse Maria Luíza que Ana Amélia jamais perdoou àquele homem caído a seus pés, e nunca foi feliz com o marido, que Ana Amélia viveu sempre com o peito ralado de dor, e mesmo se ela o perdoasse então era tarde, era tarde para Ana Amélia, era impossível para Antonio, nunca mais viria a hora doirada dos pálidos reflexos de um passado.

Crônicas da vida de um casal

Se a composição aos meus olhos foi realmente escrita no dia 21 de junho de 1835, quando eu tinha doze anos e Antonio tinha treze anos, e se estamos em 3 de novembro de 64, já se vão aí vinte e nove anos. Meus Deus, toda a minha vida dedicada a Antonio, Maria Luíza me disse que sou cega para o mundo, que vejo Antonio e nada mais, mas que nada sei de Antonio, que vivo de sombras, mas um dia irei conhecer o verdadeiro Antonio e sentir uma tremenda decepção, que eu deveria desistir de Antonio e casar com o professor Adelino, Ainda há tempo, pois o professor Adelino é um homem honesto, não deixa de ser convidativo, disse Maria Luíza com malícia, e acima de tudo ele me ama, se não, como teria sido tão fiel a mim por tantos anos sem que eu jamais lhe desse qualquer esperança de me ter? e sem haver casado jamais, sem nunca ter virado os olhos para outra qualquer que fosse? Antonio não vai se separar de Olímpia Coriolana, e jamais esquecerá Ana Amélia, é o que diz Maria Luíza, mas Antonio já está separado de Olímpia Coriolana, tenho certeza disso no fundo de meu coração, e mesmo ouvi falar. Sei quantos segredos, quantas crônicas da vida de um casal ficam esquecidas nos baús, quantas cartas, diários íntimos debaixo das roupas velhas, sei que há pouco frêmito carnal na legalidade de um amor. Oh que ciúmes sinto daqueles meigos olhos donde tanto amor lampeja!

Um abutre roedor

Ele talvez nos braços doutrem pelas camas da Europa a pensar em Ana Amélia, com o seu coração alimentava o de outra amante. Ao casar com Olímpia Coriolana deixara-me arrasada de tristeza, o abutre roedor do cruel ciúme a morder meu coração, mas de alguma maneira eu me sentia aliviada porque em vez de assistir à incerteza de suas idas e vindas entre as mulheres e a cada dia se apaixonando por alguma, desfilando com outra, declamando a terceiras, ou na rua do Ouvidor passar acompanhado de uma dessas diáfanas, treinadas para a lubricidade que se escondem nas esquinas, que atacam o cliente quando surge como presa fácil, moças que usam botinas apertadas, saias arregaçadas e suportam qualquer humilhação por dinheiro, ou uma operária de pele de pêssego, ou uma mulher sombria de olhos enternecidos, ou alguma debutante louca de paixão pelo pequeno poeta e seus olhos de safira do joalheiro Beurer, ou uma dama adúltera, ou uma flor purpúrea que matiza o prado, ou uma donzela garbosa, uma relíquia santa, e a cada sua paixão um novo sofrimento para mim, ao menos saberia ele estar nos braços de apenas uma senhora, sem beleza, de rosto impiedoso, nas lides mais cotidianas, sem luxúria, sem ardor. *Mas tu, cruel, que és minha rival! Abutre roedor, cruel ciúme...*

Anjo de asas cortadas

oube por Maria Luíza que Antonio está muito doente, lá na Europa. Deve haver algum exagero, gostam de inventar as mais absurdas falácias a seu respeito, ele atrai o grazinar dos caluniadores e os acréscimos dos mexeriqueiros. Quando Antonio embarcou no Rio em 62, para voltar ao Maranhão, acabou ficando no Recife, dissuadido por um médico de continuar a viagem. Antonio sentia-se um poço de moléstias, triste, desconcertado, taciturno, visivelmente contrariado e por vezes como que alucinado, sofria dos rins, do fígado e do coração, de uma, de duas, ou das três cousas, como ele mesmo havia escrito. Sei que Antonio nunca teve boa saúde. Aos vinte e um anos quando estudava em Portugal sofreu seu primeiro ataque de reumatismo, precisou recorrer aos banhos termais de Gerez. Quando chegou ao Rio pela primeira vez, padecia de uma terrível dor de dentes, sua boca feriu-se com o creosoto aplicado contra a dor, mas atribuía a ferida ao vício do charuto ou à sífilis, nunca largou o tabaco, descobriu que tinha realmente sífilis, logo em seguida veio-lhe uma orquite. Na rua dos Latoeiros depois contraiu uma febre amarela que quase o matou. Suas reclamações e dores não são um triste epicédio, mas lágrimas puras.

Gaza sutil

Em toda a minha vida tive apenas um ou dois resfriados, catapora na infância, dores na coluna aos dezoito anos e anemia aos dezenove por não gostar de comer e não querer comer de tanto desgosto causado pela paixão não correspondida, pela desilusão amorosa, comia só tapioca com café, e Natalícia reclamava com papai da minha falta de apetite, ele mandava Natalícia me dar rapadura, e a rapadura me sustentava porque tapioca não alimenta nada, fora isso tenho tido uma saúde de ferro, mas para que tanta saúde se não escrevo versos nem romances? nem sei cantar ou dançar, nem fazer contas, só sei bordar, contar botões e solfejar, sou uma humilde flor silvestre no deserto nem mesmo perfumando os ventos, uma fugaz borboleta a libar meu velho amor, tenho vontade de dar a Antonio minha vida, desejo de morrer por ele, um sentimento bem romântico, mas sou tão saudável que nem mesmo uma febre amorosa me enfraquece, embora eu sinta inefáveis prazeres e o suor banhe a minha fronte nevada, e o meu corpo desfaleça nas trevas do meu sono e sobre meu rosto pálido se derramem lentas agonias, e meus lábios fracos e mais fracos e mais fracos, um fatídico poder, nada jamais me vai saciar a não ser morrer por Antonio, peço a Deus uma tuberculose, uma anemia crônica, uma sífilis barda, uma dor de dentes, mas sou tão saudável! pa-

DIAS & DIAS

pai diz que a boa saúde faz parte da nossa família, de mulheres descendentes de espanholas de cabelos pretos e olhos de azeitonas, que comiam com azeite virgem todas as refeições.

Uma legião de demônios

Soube que em Évora Antonio teve uma febre terçã e mais tarde, de volta ao Brasil, no Ceará, sofreu um acesso de malária com escarros de sangue. Em Manaus Antonio foi operado de escrófulas no pescoço. Em 62, ou 63, nem me lembro mais, estou confundindo um pouco as datas, antigamente eu lembrava de todas, até do aniversário de cada uma de minhas primas, mas acho que a operação de Antonio foi há dois anos, ele teve uma inflamação crônica do fígado, um problema no coração que lhe deixava as pernas inchadas, ou talvez fosse por causa da doença no fígado, ficou com a voz rouca e presa por uma desordem nos pulmões. Teve uma hepatite subaguda, perturbações no coração, palpitações, inchação nos testículos, depois Antonio foi se tratar em Koenigstein, mas voltou sem voz, com dores horríveis nas costas, ficou entrevado na casa de seu amigo Porto Alegre durante meses, foi convalescer em Teplitz, em Bruxelas um especialista de garganta arrancou-lhe fora a campainha, e Antonio foi para Paris a fim de consultar-se com o famoso doutor Fauvel, teve angina, gastrite, tentou tratar-se em Aix-les-Bains, depois na estação de águas de Allevard. Em abril deste ano, 1864, Antonio sentiu sair de sua garganta uma legião de demônios, sobreveio-lhe uma angina, ou uma forte gripe, disse Maria Luíza, ele ficou sem comer, sem falar, prostrado na cama, as urinas da cor de café, sem dormir, sem descansar.

Aos reflexos da lua

Sempre a crescer sua melancolia, lá se iam seus encantos aos reflexos da lua, aporrinhado, um bacharel enfermo, dores e trabalhos, coração desalentado, em sua vida rude, espinhosa, cheia de martírios, a vergôntea donde caiu a rosa fragrante e corada, muito de vago, muito de loucura, um desespero sombrio e intenso, instantes tenebrosos, vertigem, apoquentação, mal dos escrotos, inflamação com dores fortíssimas, sem sair à rua, de cama, febre ou o diabo por ela, em petição de miséria, fraco do corpo e do pensamento, quinze dias de convalescença das febres amarelas, não podia dar dois passos sem cambalear, uma saúde arruinada que piorava consideravelmente, deixava-o sem ânimo, sem vontade para coisa alguma, uma displicência, um quebranto geral, um fastio de tudo o que o cercava, tomava caldos à força, coberto de sinapismos dos pés à cabeça, cercado de uma farmácia em dia de balanço, com lágrimas do estilo e uma vela de cera amarela na mão, ele mesmo escreveu assim, doente, sem energia, fraco, abatido, cansado, uma ingurgitação que se transformava em escrófula, costuras, cicatrizes, banhos hidroterápicos de Marienbad, temporada em Vichy, moléstia do fígado, fortes palpitações do coração, inchação por todo o corpo, a secar feito uma planta arrancada e exposta ao sol, angina, garrotilho, inflamação do estômago...

Do Apa ao Grand Condé

No Recife o médico convenceu Antonio a fugir da zona tórrida a qualquer custo e voltar para a Europa, Antonio não conseguiu uma passagem no brigue francês *Grand Condé*, pois o comandante do barco temia que o passageiro, tão fraco, sucumbisse à travessia, não chegasse ao destino e obrigasse a tripulação a ficar de quarentena em Marselha, mas Antonio pediu ajuda ao doutor Vasconcelos, o diretor do *Jornal do Recife*, que intercedeu em seu favor e ele se passou do *Apa* ao *Grand Condé*. Embora sofresse muitas dores na viagem, Antonio tinha forças para ler Ariosto e continuar a sua tradução da *Noiva de Messina*. Quando o navio chegou a Marselha alguém havia falecido a bordo e todos ficaram de quarentena. Isso foi o bastante para que o consignatário em Paris concluísse que o morto era o passageiro que embarcara quase moribundo, Antonio, e mandou ao Recife a nota de falecimento. O *Jornal do Recife* noticiou a morte de Antonio, e a novidade se espalhou por todo o país, que lastimou em peso o falecimento do grande poeta, o primeiro poeta brasileiro, o maior de todos os românticos! o maior poeta romântico do mundo!

Missas, exéquias, necrológios

O imperador suspendeu a sessão do Instituto Histórico em homenagem ao poeta que era um dos mais atuantes sócios da instituição. No Rio, nas províncias em todo o país celebraram missas e exéquias, ofícios fúnebres, dezenas de necrológios lhe fizeram todos os elogios rasgados a que se recusaram na sua vida, pois, embora a população lhe tenha sido admiradora, os críticos poupavam-se dos derramamentos sem deixar de dar alguma alfinetada aqui e ali, até mesmo insultos e calúnias, mas quem está livre disso? Maria Luíza disse-me que Alexandre Teófilo ajuntou vinte e cinco nênias, de gente importante como o Serra, o Galeno, o Ateneu, o Aníbal, ou até mesmo o Bernardo Guimarães, *Morte prematura, a morte no éter encantado, a morte e seu meigo abraço, o silêncio que horroriza, a luz sumiu como o fugaz clarão do meteoro, extinguiu-se a esperança, e o malfadado sobre a terra deserta procurava em vão traços daquela que amou...* Sua poesia sobre a morte prematura, morte prematura... *ah quem pudesse poupar-me dessas lágrimas metade!*

Lágrimas puras

Quando Natalícia trouxe-me a notícia de que papai comentava na sala a morte de Antonio, reunido com meu tio Turíbio, o major reformado, desfaleci e pensei estar acordando no paraíso ao lado dos santos e dos serafins, mas estava na cama de papai e era ele quem me acariciava a mão enquanto o médico aplicava sais. Chorei dias seguidos, lágrimas puras, sem poder levantar-me da rede, sem força nas pernas, o peito oprimido por uma grande dor, as mãos trêmulas, o rosto pálido, olheiras fundas, a voz rouca, sem fome nem sede nem vontade de viver num mundo onde Antonio não estava mais, imaginando seu rosto sem cor a ser velado por um anjo e a sair de seu corpo gélido a sua alma radiante, e eu procurando seu pálido espectro nas flores, nas plantas, nos prados, na terra e no mar, a dizer blasfêmias contra Deus, a rojar meu corpo no chão, minha alma querendo se erguer aos céus atrás da alma de Antonio que se elevara como o incenso, como o aroma da flor e beijar seus frios lábios de seda do Indostão, ajoelhada aos pés de santo Antônio no oratório eu chorava e pedia que a notícia da morte não fosse verdadeira, apagava as velas com minhas lágrimas que eram tão grossas, uma dor, a nitidez do marfim, um pálido corcel, um gemido sem fim.

Túmulo no oceano

Fui à rua do Cisco, ao teatro Harmonia, ao Riacho da Ponte. Na praça, nas esquinas, na padaria, na barbearia só se falava na morte de Antonio, de que viera a notícia por correio, então era verdade, caminhei tonta, aos prantos, não podia ser verdade, dias se passaram até chegar o jornal da capital que encomendei a um capitalista que negociava em São Luís, e deveras no jornal estava a notícia: morto Antonio a bordo de um navio, solitário entre estrangeiros, morto retornando ao exílio. Voltei para casa, tranquei-me no quarto, sem comer ou beber, deixava tudo o que Natalícia trazia, as maiores guloseimas, no prato, sem tocar em nada, o capitalista me trazia as folhas com bastante atraso, ali estavam os comentários à morte de Antonio, recortei uma coleção de notícias fúnebres, necrologias que eu colava no álbum oblongo, sublinhava tudo o que dissesse respeito a Antonio, à margem punha o nome do jornal, a data e o lugar da publicação, um álbum negro manchado de lágrimas, tentava guardar qualquer resquício, os necrológios eram belos, *Deus num acesso d'amor Ao poeta soberano, Deu-lhe por berço o Equador E por túmulo o oceano!* túmulo no oceano, quanto quisera eu ser poeta para escrever assim, quanto quisera eu morrer para ir ao encontro de Antonio e deixar cá na terra uma coleção de composições de amor descrito e vivido por uma romântica! Cousa para derreter penhascos!

Intensidade extrema

Mas em vez de escrever eu só sabia dar gemidos, que escapavam de meu peito ferido, ficava pregada na cama, impressionada pelos pesadelos, como se tivesse perdido tudo em minha vida e nada mais existisse a não ser o coração fundido, e viver a vida numa intensidade extrema com tanto medo da morte, a sentir em cada brisa o frio da boca da morte, vendo em tudo o final, na pureza azul do céu, no prisma de minhas lágrimas, no vulto de um passante em sua capa negra a caminhar na rua do Cisco, numa nuvem doirada desenhada num álbum, na cortina tangida por uma aragem quente, na pomba ao peitoril da janela, eu fechava os olhos e via Antonio a conversar com o seu amigo Odorico Mendes, ou a assistir aos bailes, dizendo coisas incomuns a uma judia de olhos oblíquos, saindo da redação da revista *Guanabara*, na caatinga montado num camelo contra o sol vermelho, ajoelhado aos pés de Ana Amélia, declamando poesia para o imperador no Instituto Histórico, ou a dar um passeio higiênico nas ruas de Lisboa, eu lia e relia seus livros, lia e relia a composição aos meus verdes olhos, a dor era um gigante vulcão que fervia no meu peito, imobilizando meu ser dentro de um quarto embalsamado em que tudo eram sombras, a rede flutuava na inexistência, o toucador na irrealidade, o baú na inconstância, tudo, mal e porcamente, era nada.

Distante da volúpia

Tudo vazio, eu olhava pela janela distraída pensando em Antonio quando o vi passar na rua, chamei Natalícia e ela disse que era o seu Ferreira o corcunda quem tinha passado na rua, cruz-credo, que eu estava delirando, sei que o fantasma de Antonio ficava em minha volta me queimando a tez, e eu tinha a ilusão de que ele aparecia na rua ou na missa ou no meio dos rapazes no Riacho da Ponte, isso era um lado bom da sua morte, ele aparecia agora só para mim, e havia uma outra coisa que me agradava: Antonio estava enfim distante das mulheres, ao menos esse consolo, Antonio não iria mais ficar viajando tanto, não iria mais aos bailes beber nos ombros femininos seus volumes de inspiração, nem mais entregar-se a namoricos volúveis, ou ardentes amores de alcova, e todos iam esquecê-lo, menos eu, então eu seria sua esposa imaterial, será que existiria vida depois da morte? será que depois de morto Antonio pensaria em Ana Amélia? Provavelmente sim, que maçada, nem mesmo morto um homem esquece o seu amor, eu estava tão magra... tive medo de morrer e esquecer Antonio, voltei a comer tapioca, rapadura batida, a tomar copos de leite de cabra e me fortalecer apenas para viver mais, para que ele nunca fosse esquecido, eu declamava seus poemas todos os dias, para que não morresse completamente, mas numa manhã Natalícia bateu à porta de meu quarto, Feliciana minha filha abra logo essa porta! E disse que o professor Adelino tinha uma notícia para me dar, fui até a sala e vi o professor com uma folha na mão, perguntei, e ele deu a notícia: Antonio estava morto como *Mortuus est pintus in casca*!

O nascimento do pinto

De morta passei a ressuscitada, o professor Adelino me passou a folha, li, reli, dei risada, e recortei a carta bastante irônica de Antonio sobre sua própria morte, que tantas vezes reli, mas tantas que a sei de cor, mudando apenas algumas palavras, uma aqui outra ali, ele a escreveu de Paris, em agosto de 1862, ao senhor José de Vasconcelos, diretor do *Jornal do Recife*, disse que lera no *acreditado* jornal (acreditado, espie só!) a notícia infausta do seu prematuro falecimento. *Se anunciassem de qualquer amigo ou conhecido meu um acontecimento tão desgraçado, eu me encheria de uma mágoa profunda, e diria algumas palavras de comiseração segundo os estilos dessa — não vale de lágrimas, mas — bola de lágrimas. O negócio, porém, é mais sério: não se trata do meu vizinho Ucalegon que arde* (quem será esse tal?), *sou eu próprio que por um lance caprichoso da fortuna me vejo reduzido a pó, terra, cinza e nada. Posso asseverar a S. Sa. que o meu amor do próximo não é de tal quilate que seja maior do que o meu amor a mim mesmo de forma que eu sinta mais a morte de alguém do que a minha mesma. Modéstia à parte, concordo ingenuamente com todos que a minha morte foi uma grandíssima perda para o orbe terráqueo em geral* (ah e quanto!), *e para a minha pessoa em particular. Diria mesmo — grandíssima, porque a extensão da perda bem pode tolerar uma exageração gramatical superlativa!*

Um dom Quixote descarnado

Antonio escreveu na carta que a notícia não o apanhou de todo desapercebido, tão certo é que as más notícias voam. O vapor que trouxe as malas do Rio ainda estava fundeado no Tejo, e quando acontecia de ele sair ao convés as pessoas o olhavam com curiosidade e admiração, como se quisessem perguntar-lhe as últimas notícias de *Orizaba* no México ou dos *Campos Elíseos* ou do *Paraíso*. Só depois ele compreendeu o que era. Sua fisionomia devia ter alguma coisa de extracomum, extraterrestre, tenebrosa, sepulcral como a de um dom Quixote descarnado acompanhando o seu próprio enterro. Antonio deixou de atender a convites, e no dia em que lhe chegaram as malas do *Navarre* não compareceu a uma festa, seria uma desatenção consigo mesmo, uma carência de dignidade mortuária apresentar-se em público no mesmo dia em que recebera a notícia do próprio falecimento. Trancou as portas e as janelas de seu aposento, e pôs-se de luto por si mesmo. Ali, entediado, diante das displicências e sensaborias, percebeu que a morte era tão aborrecida quanto a vida. O manual *Elementos de civilidade*, que ele fora obrigado a copiar tantas vezes, embora fosse um código muito preciso continha uma lacuna: um capítulo sobre como se devem comportar os finados que se divertem em passar entre os vivos.

Negro equívoco

Antonio não sabia se deveria encomendar missa por sua própria alma, se devia levar fumo no chapéu, nem se podia escrever versos profanos e algumas aleluias para penitência desse pecado venial. Estava no reino das sombras. Encontrou-se com o seu amigo, o endiabrado nobre *hidalgo* dom João de Maraña, o famoso historiador, que havia passado pelo mesmo problema de assistir à própria morte, e perguntou-lhe como se saíra desses mil e um embaraços, e o amigo, num gesto irado, lhe respondeu: *No me hable usted desso, hombre, que me dá fastidio!* E assina: o *seu defunto amigo. Gonçalves Dias.* Tudo eu daria para ter recebido dele uma de suas cartas, como as que ele escrevia para Alexandre Teófilo, verdadeiros relatos de sua vida. Tantas vezes lhe escrevi quando ele estava em São Luís, ou no engenho Pixanuçu, de Alexandre Teófilo, quando estava na Paraíba, no Recife, na Bahia, e quando ficou hospedado na casa de Secundino Gomensoro, mas nunca tive coragem de mandar nenhuma dessas cartas, todas foram rasgadas ou queimadas, nenhuma chegou ao seu destino, apenas a última, por um equívoco. Um negro equívoco.

Um sentimento romântico

Escrevi a última carta da mesma maneira como escrevera as outras, trancada em meu quarto, com minha mesma letra rabiscada, tão irregular que me deixa envergonhada, escrevi minhas palavras tolas e sem poesia mas carregadas de amor, de paixão, porque quando busco dentro de mim é o que encontro, e a volúpia da saudade, o mais romântico de todos os sentimentos, revelei tudo na longa carta, desde o primeiro dia quando abri o embrulho de feijão-verde lá em Caxias, e depois descrevi um pouco de minha vida, falei em papai, em Natalícia, na morte de mamãe, até mencionei o professor Adelino e suas flores brancas, e o bandolim, comentei a festa que prepararam para Antonio em Caxias e a decepção que causara, o encanto que eu sentia por seus livros, confessei o que eu achava das rixas entre brasileiros e portugueses, contei até que papai lutara contra o Fidié mas que eu respeitava a memória daquele bravo coronel, falei das inúmeras vezes em que eu o espiava de longe, desde menino, desvendei meus sonhos e fantasias de viagens e passeios à brisa do mar em Botafogo, descrevi meu rosto melhorando um pouco a vista de meus traços, beijei, perfumei e dobrei a carta, dentro dela pus uma flor seca que mais parecia uma renda fina, depois escrevi uma carta a Maria Luíza perguntando se ela sabia onde se encontrava Antonio naquele momento, se

DIAS & DIAS

em Paris, ou Lisboa, ou Londres, ou em uma daquelas estações de águas, de cura, Koenigstein, Teplitz, Carlsbad, pus a carta a Maria Luíza num envelope e enderecei-a, fui ao correio, comprei o selo, selei a carta, fechei o envelope colando-o com grude e postei a carta, tudo sem pensar, tão tomada eu estava da atmosfera de ilusão que a carta escrita a Antonio me causara. Quando voltei ao meu quarto procurei as páginas que havia escrito para Antonio, ansiosa para reler aquilo tudo, mas não as encontrei, procurei em todo o quarto, na sala, até na cozinha, quem sabe eu tinha ido beber água com a carta na mão? fiquei desesperada, teria papai a encontrado? Eu sentia pavor de que ele descobrisse meu segredo, ou que o professor Adelino descobrisse meu segredo, que qualquer pessoa o descobrisse, só Natalícia e Maria Luíza sabiam de meu sentimento, sem todavia compreender a profundidade e a extensão do que me causava, e sofri dias seguidos com o desaparecimento da carta.

Nos braços da mimosa leviana

Todos os dias pensava no desaparecimento da carta, na minha rotina de ralar macaxeira, ao receber a visita do professor Adelino em silêncio, ao deitar na água seus intermináveis ramos de flores brancas, ao passar na frente da casa de dona Adelaide na rua do Cisco para saber se por acaso Antonio não retornara mais uma vez, ao ler e reler as composições de Antonio para não esquecer tudo o que havia decorado, ao separar botões de vidro. Tudo parecia diferente para mim, como se todos soubessem do meu segredo, eu vivia enrubescendo, a carta podia estar em qualquer lugar, num baú de Natalícia, no bolso do avental de alguma prima, na algibeira de caça de papai, ou debaixo do travesseiro do professor Adelino, até que numa manhã de tempestade e nuvens cinzentas e baixas no céu, raios e trovões, o que tomei como um sinal do destino, veio o estafeta entregar-me uma carta de Maria Luíza, que abri tomada de um horrível pressentimento, e logo confirmou-se o que eu tanto suspeitara: minha carta a Antonio fora enviada para Maria Luíza, junto a sua carta, meu Deus! eu mandara para Maria Luíza a carta apaixonada que escrevera a Antonio, e o pior de tudo! Maria Luíza a enviara a Antonio, era essa a conta que me prestava, cumprimentando-me por afinal ter tido a coragem de revelar a Antonio meus sentimentos absurdos, ela completava —

DIAS & DIAS

e isso serviria para que Antonio acabasse de uma vez por todas com as minhas vãs esperanças, pois ele estava retornando ao Brasil, segundo acreditava Maria Luíza, para reatar com Olímpia Coriolana. No final da carta, Maria Luíza anunciava sua ida à fazenda Santana, e a caminho viria visitar-me em minha casa por uma noite.

Maria Luíza

Nesse tempo me veio à mente uma nova obsessão. Foi na conversa com Maria Luíza, ela estava linda com seu chapéu amarelo, capa de viagem, botas inglesas, flores de seda por todo lado, fitas e mais fitas, drapeados, parecendo uma daquelas moças do almanaque francês, e foi um estouro de luz quando saltou da barcaça, ela veio sem Alexandre Teófilo, que estava no engenho Pixanuçu, e quando Maria Luíza vinha sem seu esposo era toda minha. Ela desembarcou ajudada por um escravo, abraçou-me, levou-me pela rua a pé enquanto suas bagagens seguiam na carreta, e já entrou em minha casa falando e sorrindo, como se estivesse em sua própria casa, uma coisa admirável para mim, que basta dar uns dois passos adiante da nossa rua para sentir-me desconfiada, e diante de Maria Luíza eu me sentia ainda mais tímida e intrigada com o mundo leviano. Maria Luíza trouxe presentes da capital: para papai uma coleção de pios em uma caixa de veludo, para Natalícia um véu de igreja preto e para mim um chapéu liso, conjunto com um par de luvas, coisa tão linda que me fez saltar, girar, rir, Maria Luíza fez um lanche preparado por Natalícia, elogiou as tapiocas que disse serem "melhores do que as feitas no Ceará", passeou comigo no fim da tarde até a igreja, Natalícia veio junto, e Maria Luíza sorria maliciosa para mim, sabendo que eu esperava com ânsia no peito alguma notícia de Antonio.

Um encontro decisivo

Quando voltávamos da igreja, vimos de longe uma roda de rapazes no Riacho da Ponte, eu quis desviar, mas Maria Luíza fez questão de seguir o caminho, e fez a conversa deles silenciar, porém nenhum ousou dizer um gracejo para uma mulher de fora. Falávamos da fisionomia de pateta dos rapazes, quando viramos uma esquina e ficamos frente a frente com o professor Adelino. Ele tirou o chapéu e curvou-se, cumprimentou Maria Luíza muito gentilmente dando-lhe as boas-vindas, mas seus olhos brilharam mesmo foi quando me cumprimentou, e um pouco embaraçado despediu-se e seguiu seu caminho. Maria Luíza comentou que nunca havia reparado que o professor Adelino era tão gentil, e senti uma ponta de ciúme, que logo passou. De noite fomos nos recolher, Natalícia armou mais uma rede em meu quarto, Maria Luíza vestiu sua camisola de rendas que parecia um vestido de baile, e enquanto sua escrava lhe escovava os longos cabelos na frente do toucador ela disse que apreciava dormir em rede e todas essas coisas bucólicas do interior, passeios a cavalo, mesas imensas, louça de barro, vassoura de graveto, marrecos ciscando na sala. Natalícia trouxe uma quartinha d'água, duas canecas, apagou o candeeiro, deixou apenas uma vela acesa, e saiu. Maria Luíza saltou da rede, abriu seu baú, tirou dali a última carta de Antonio a Alexandre Teófilo, e a leu para mim. Era de 24 de agosto de 64, e nela

Antonio dizia que não queria esticar a canela em Paris: *Ergo —
rosas. Parto para o Maranhão — não sei se do Havre ou de Lisboa, porém
em todo caso preferiria uma navegação mais demorada, indo em barco de vela.* Eu ouvia quase sem ar. A carta dava a notícia da morte de
Odorico, morte tão triste, sozinho num trem em Londres! *Assim pois — até breve. Estou ardendo em desejos de te dar um abraço — de te
ver e me ver no nosso Pixanuçu — e leve o demo paixões. Só isso me porá
bom.* Antonio estava doente, e louco para retornar. Não enten-
do por que volta para a messalina, disse Maria Luíza. Por que
não vai para Lisboa e foge com Ana Amélia? Parece que aprecia a infelicidade. Uma mulher que não o ama...

A Traição

Olímpia Coriolana talvez tenha exigido o retorno de Antonio, mas estou certa de que ele não conseguirá viver ao seu lado, disse Maria Luíza, já há muitos anos mantêm apenas as mais frágeis aparências de um casamento que está por um fio, não são nem mesmo amigos, Antonio não suporta Olímpia Coriolana e ela o odeia, Olímpia Coriolana até mesmo o *traiu*, ele foi motivo de chacota num jornal, ela o traiu desde quando viviam em Paris. No Rio de Janeiro um amigo do Capanema fez uma caricatura de Olímpia Coriolana num camafeu e escreveu ao lado: *O. G. Dias* e ao lado um desenho de um cantor de ópera vestido de trovador, com um copo na mão de onde desciam as palavras *O segredo para ser feliz*, debaixo da medalha com o perfil magro e narigudo de Olímpia Coriolana a frase enigmática e muito sugestiva: "Medalha representando uma *Traviata Romana* descoberta nas escavações de Herculano", isso saiu publicado numa folha, Olímpia Coriolana tinha sido vista mais de uma vez entrando na casa de um certo homem, parece que sim, alguém segredava as traições de Olímpia Coriolana até mesmo nos ouvidos de Antonio. Mas Antonio jamais comprovou nada, a intriga serviu apenas para que crescesse o ódio entre o casal. E agora Antonio voltava para viver novamente ao lado de sua mulher, disse Maria Luíza. Que insensatez! Assim são os homens! Perguntei a Maria Luíza se ela havia lido a minha carta antes de mandá-la para Antonio, e ela confessou-me que sim, Não há segredos entre nós, Feliciana! Isso inquietou-me o coração. Ficamos a conversar horas e horas seguidas, noite adentro, até que as estrelas desaparecessem da janela.

O amor carnal

Naquela noite Maria Luíza falou-me do amor carnal, e com tanta paixão que muitos dias depois de sua partida eu ainda não podia deixar de pensar nisso. Passado algum tempo a coisa já estava certa no meu discernimento, ninguém nunca ia me demover disso, e decidi que seria na noite de lua, no domingo, quando papai caçava seus sabiás e dormia cedo, cansado. Eu disse ao professor Adelino que não fosse caçar com papai e ficasse em casa porque ia acontecer alguma coisa. De noite papai recolheu-se ao escurecer, fechou a porta de seu quarto e logo eu ouvi o seu ressonar, esperei a Natalícia dormir, ela demorou, e só perto da meia-noite sua rede não rangia mais. Calcei os sapatos, escorreguei para fora de casa, andei na rua vazia até a casa do professor Adelino, sem nenhuma hesitação. Uma luzinha tremulava no vidro azul da janela, e vi que ele estava deveras esperando. Bati à porta, ouvi os passos do professor, lentos, a porta se abriu e lá estava a figura trêmula contra a luz, vestido como se fosse dar aula, de colete e paletó. Ele ficou mudo, demorou a entender que eu ia entrar. Fiz sinal, ele deu um passo para trás e eu entrei, vi o chapéu dele na parede, virei de frente para o professor e disse de chofre: Vim conhecer o amor carnal, e ele disse que não podia, só se casasse comigo, e eu disse: Se não fores tu, será outro. Ele estremeceu, levou-

-me para o seu quarto segurando minha mão com sua mão quente, deitou-me na cama, ficou nu, levantou a minha saia, deitou em cima de mim, beijou-me e sem dizer nenhuma palavra mostrou-me o que era o amor carnal.

Uma tempestade no horizonte

inha terra tem palmeiras onde canta o sabiá, as aves que aqui gorjeiam não gorjeiam como lá, pequenas e simples palavras podem causar tanto efeito... declamo vezes seguidas essa composição, tento compreender o que significa na verdade, *nosso céu tem mais estrelas...* por inspiração desse poema, o primeiro poema em seu primeiro livro, os *Primeiros cantos*, tenho um sabiá que é só meu, e dorme em meu quarto. Ele se chama Agapito. É marronzinho com o peito cor de laranja. Sinto saudade de Agapito, de papai, de Natalícia, de Adelino, que dia é hoje, mesmo? 3 de novembro, oh que calor aqui neste cais onde espero por Antonio, por que ele está demorando tanto? Vejo uma chalupa que chega pelas águas da baía, nela vêm um comandante, um capitão e vários marinheiros, depois chega outra chalupa com outros marinheiros e diversas bagagens, caixotes, barris, barriletes, baús, sacos, molhados como se tivessem tomado uma chuva forte. Em seguida vem outra chalupa apenas com o piloto e mais bagagens. Navegam com cuidado. Aqui há a pequena ilha do Medo, há a Ponta da Guia que alguns comparam a Cila e Caribdes porque entre elas fica o estreito do Boqueirão, as águas traiçoeiras do estreito do Boqueirão metem medo, há lendas horríveis, histórias de naufrágios e desastres, aquele boqueirão sempre foi passagem obrigatória dos veleiros e navios-brigues que precisam entrar pelos rios para atingir o interior da província, e a correnteza das águas que se encontram, a corrente dos rios, joga os barcos sobre os escolhos.

Anil e Bacanga

A passagem é feita com as velas arriadas, no maior de todos os silêncios, os marinheiros calados e atentos com medo de despertar as mães-d'água que enfurecem as ondas e arrastam para o fundo as embarcações, passado o Boqueirão fica a restinga entre os ribeiros Anil e Bacanga, no fundo da restinga fica a capital, o embarcadouro, e eu, naufragada em aflição. Barcos de pesca retornam do mar, um em seguida ao outro, descem suas velas marrons, encostam no cais, formam um conjunto de mastros curioso. Os marinheiros cantam, alegres, descem suas cargas, falam, gritam, Tainha fresca! Peixe pedra! Camarão! Vêm os compradores, compram e seguem caminho para suas casas levando o peixe enrolado em papel de embrulho. A vila aos poucos se recolhe, aos poucos o cais vai ficando deserto, as carroças vão embora, os vendedores desaparecem. Vejo aproximar-se com duas luzes tênues e velas marrons um último saveiro de pesca. Um menino vem acender o lampião no poste, toca o sino da igreja, sinto um arrepio em todo o corpo, escurece, a lua recai sobre o mar, as árvores tornam-se sombras soturnas, a rampa de desembarque está vazia, o mar bate, lá longe vejo uma coisa a se mover depressa na água, acho que é a nadadeira de um tubarão, mas não tenho certeza, a presença dos tubarões me assombra. O cais está completamente deserto.

Cachorros curiosos

Minha terra tem palmeiras onde canta o sabiá, as aves que aqui gorjeiam não gorjeiam como lá, sento no muro, cai uma chuva fina, ninguém no embarcadouro, só um bando de cachorros olhando-me curiosos, e os leões de pedra do palácio lá longe parecem mexer-se, frios os canhões, as ruas vazias da vila, as nuvens, eu aqui na lembrança dos ventos batida, sinto-me tão sozinha... *no último arcar da esp'rança, tu me vieste à recordação: quis viver mais, e vivi! Sei a aflição quanto pode, sei quanto ela desfigura, e eu não vivi na ventura, no mar alto o mareante luta contra o vento inconstante. Luta em vão contra a tormenta, negras vagas se encapelam, o mar ferve revolto, o triste não compreende a chuva que do céu pende, do que outrora foi passado,* enquanto declamo espero, mas o tempo não passa, olho o mar, gorjeio como sabiá, assobio como papai, remedo Natalícia, Tenham paciência! *nossos bosques têm mais flores, nossas vidas mais amores,* decido ir embora, escuto o som do bandolim do professor Adelino, fecho os olhos e escuto, com a sensação de que é apenas o som do vento nos mastros dos barcos, sinto assim como um raio me partir ao meio e então nesse instante meu coração começa a bater de um jeito como nunca batera antes.

Epílogo

No dia seguinte soube-se que a barca francesa Ville de Boulogne, *que trazia Antonio Gonçalves Dias a bordo, naufragara nos baixios Atins, nas imediações do farol do Itacolomy. Como viajava doente, sem forças para sair de seu camarote, num estado desesperador, sem poder falar, alimentando-se apenas de água com açúcar, Gonçalves Dias foi abandonado pela tripulação. Jamais encontraram seu corpo, provavelmente devorado por tubarões.*

Pairam muitas dúvidas sobre as circunstâncias da morte do poeta. O imediato do barco, último a vê-lo no momento do naufrágio, disse que ele "se achava morto, apesar da fraca luz que vinha da bitácula". Um marinheiro testemunhou que "vira fora do leito as mãos do passageiro que moviam-se levemente fechando e abrindo os dedos". Em outros depoimentos, marinheiros afirmam que o comandante do barco teria ordenado o resgate do passageiro, mas os náufragos não puderam entrar na cabine, completamente inundada.

Restaram no porão do brigue três malas do poeta, uma grande e duas pequenas, e uma mala-saco de viagem, encontrada na câmara que ficava ao lado do camarote do passageiro, assim como dois baús com roupas, cartas, botinas velhas e uma dentadura postiça. Também foi achada uma pequena caixa com charutos, medicamentos, pequenas peças em ouro, um álbum, um dicionário de língua tupi emendado com letra do poeta, fotografias de escritores, cortesãs, reis, poetas europeus, sendo os nomes dos personagens anotados no verso igualmente com a letra de Gonçalves Dias. Recuperou-se a sua tradução dos caracteres góticos do livro A noiva de Messina, *e também cadernos, livros, e papéis avulsos. Dentre esses papéis, estava a carta escrita por Feliciana.*

Notas

Para conhecer melhor Gonçalves Dias, pode ser consultada a obra *Gonçalves Dias – Poesia e prosa completas*, da Nova Aguilar, organizada por Alexei Bueno, onde consta um esboço biográfico escrito por Manuel Bandeira. Esse mesmo esboço está reproduzido em *Manuel Bandeira – Poesia e prosa*, da José Aguilar, no segundo volume. A biografia do poeta escrita por Lúcia Miguel Pereira, *A vida de Gonçalves Dias*, da José Olympio, também é indicada. Mário da Silva Brito escreveu um "Informe sobre o homem e o poeta Gonçalves Dias". Na Coleção Afrânio Peixoto, da Academia Brasileira de Letras, pode ser encontrado o *Diário da viagem ao rio Negro*, escrito por Gonçalves Dias, com uma introdução de Josué Montello. As cartas de Gonçalves Dias, que serviram de inspiração para este livro, podem ser lidas na Biblioteca Nacional, no Rio de Janeiro, ou na seleção feita por Alexei Bueno.

Diversos estudiosos escreveram sobre a obra do poeta romântico, tais como Aurélio Buarque de Holanda ("À margem da 'Canção do exílio'"), Péricles Eugênio da Silva Ramos ("A poesia e a poética de Gonçalves Dias"), Capistrano de Abreu (*Ensaios e estudos*), Pedro Calmon ("O símbolo indianista de G. D."), Afonso Arinos de Melo Franco (*O índio brasileiro e a Revo-*

lução Francesa), José Guilherme Merquior ("O poema de lá", em *Razão do poema*), ou Sérgio Milliet (*Diário crítico*).

Escritores ficcionistas e poetas também se ocuparam da obra de Gonçalves Dias. Machado de Assis escreveu "Gonçalves Dias", que se encontra em *Relíquias de casa velha*. Olavo Bilac fala sobre o poeta nas suas *Conferências literárias*. Bernardo Guimarães escreveu sobre "Os timbiras". Cassiano Ricardo escreveu "Gonçalves Dias e o indianismo". O texto "Futuro literário de Portugal e do Brasil", do escritor português Alexandre Herculano, encontra-se como introdução aos *Primeiros cantos* de Gonçalves Dias.

Sobre o Romantismo, devem ser consultados *O Romantismo no Brasil*, de Antonio Candido; "Gonçalves Dias e o Romantismo brasileiro", de Onestaldo de Pennafort; *Introdução ao estudo do pensamento nacional: o Romantismo*, de Cândido Mota Filho, entre outros.

Spix e Martius estiveram na cidade natal de Gonçalves Dias, pouco antes do nascimento do poeta, e essa viagem encontra-se registrada em *Viagem pelo Brasil*, no segundo volume. Os costumes e características da região, assim como os levantes do período descrito neste livro, podem ser lidos em: *Os sertões* de Euclides da Cunha; *O sertão, o boi e a seca*, organizado por Ernani Silva Bruno; *Terra de sol*, de Gustavo Barroso; *Memórias* de Humberto de Campos; *Esboço histórico sobre a província do Ceará*, de Pedro Théberge; *História da província do Ceará*, de Tristão de Alencar Araripe; *À margem da história do Ceará*, de Gustavo Barroso; *A terra*

DIAS & DIAS

e o homem no Nordeste, de Manuel Correia de Andrade; *O carapuceiro*, do padre Lopes Gama, organizado por Evaldo Cabral de Mello; *Pequena história do Maranhão*, de Mário M. Meireles; *São Luís, cidade dos azulejos*, organizado por Mário Martins Meireles e outros; *Guia histórico e sentimental de São Luís do Maranhão*, de Astolfo Serra; *Vocabulário de caça*, de C. Ribeiro Lessa; na obra de Câmara Cascudo, assim como na de Ferreira Gullar. As informações sobre sabiás foram colhidas com Cristina N. Manescu, e no *Pequeno dicionário das aves do Nordeste do Brasil*. Expressões em tupi podem ser vistas no *Dicionário da língua tupi*, de Gonçalves Dias.

Poesias e cartas de Gonçalves Dias foram incorporadas à expressão da narradora. Os fragmentos não estão destacados.

1ª EDIÇÃO [2002] 22 reimpressões

ESTA OBRA FOI COMPOSTA PELO ESTÚDIO O.L.M. EM CENTAUR E
IMPRESSA PELA GEOGRÁFICA EM OFSETE SOBRE PAPEL PÓLEN SOFT
DA SUZANO S.A. PARA A EDITORA SCHWARCZ EM MARÇO DE 2024

A marca FSC® é a garantia de que a madeira utilizada na fabricação do papel deste livro provém de florestas que foram gerenciadas de maneira ambientalmente correta, socialmente justa e economicamente viável, além de outras fontes de origem controlada.